시간을 팝니다, T마켓

EL VENDEDOR DE TIEMPO

시간을 팝니다

T마켓

페르난도 트리아스 데 베스 지음 | 권상미 옮김

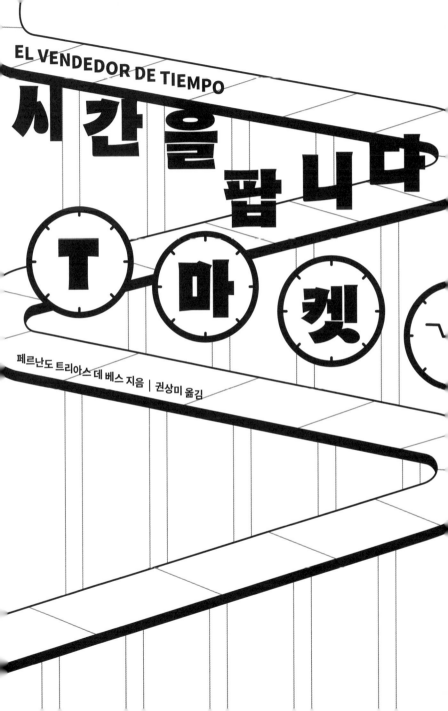

로사 레가스Rosa Regàs가

『도로테아의 노래 La canción de Dorotea』로

스페인 최고의 문학상인 플라네타상을 수상했을 때,

나는 운선을 하며 라디오를 듣고 있었다.

실시간으로 흘러나오는 수상 소감에서

로가 레가스는 이렇게 말했다.

"상을 주셔서 감사합니다.

저는 이 상금으로 시중에서는 살 수 없는 것,

바로 '시간'을 살 수 있겠군요."

이 말을 들은 후,

나는 실제 우리 사회에서 시간을 사고팔 수 있다면

어떤 일이 일어날까 상상해 보았다.

그 상상의 산물이 바로 이 책이다.

차례

시간은
돈이다

사람들은 책을 읽을 시간이 없다. 읽을 시간도 없으니 글을 쓸 시간은 더더욱 없다. 이 이야기를 '축약판'으로 쓰겠다는 결정을 내리는 데는 이 두 가지 이유만으로도 충분했다. 축약판이 모두에게 보다 실용적이기 때문이다.

이런 연유로, 사전에서 '축약하다Abreviar'라는 단어를 찾아봤다. 그 정의는 이렇다.

축약하다「타동사」간략하게 만들다, 짧게 하다,
시간이나 공간이 덜 들도록 하다.

다시 말해서, 축약 소설이란 이야기가 시간과 공간을 덜 차지하도록 하고자 하는 이야기를 줄여야 한다는 뜻이다. 텍스트는 더 적은 종이를 차지해야 하고, 독자가 읽는 데 걸리는 시간도 더 적어야 한다.

그러므로 지금부터 나는 '시간Tiempo'이라는 단어 대신 'T'라는 약자를 쓰겠다. 돈의 경우에는 '$' 기호를 쓰겠다. 유로의 값어치가 더 떨어져서 유로 기호를 쓰지 않는 게 아니라, 그저 내 컴퓨터가 좀 구형이라 아직까지 유로 기호가 자판에 없기 때문이다.

이렇게 하면 모든 게 더 간단해진다. '시간은 금이다'라는 오래된 금언이 있다. 영어로는 '시간은 돈이다'라고도 한다. 그렇다면 내가 방금 고안한 새로운 형식을 빌자면 이 금언은 이렇게도 쓸 수 있다.

'T는 $다.'

이제 축약할 준비가 되었으면 이 글을 마무리하고 1장 Capítulo 1으로 넘어가도록 하자. 독자 역시 시간이 그렇게 많지는 않을 테니, 1장은 줄여서 'C1'이라 표현하기로 한다. T여, 용서하기를.

누가
내
시간을
사
갔을까?

지금 하는 이야기는 '어떤 나라Un Sitio Aleatorio'에 살았던 '보통
남자Tipo Corriente'에게 일어났던 일이다. 첫 글자를 따서 그의
이름을 TC라 부르기로 하자. 하지만 그 나라의 이름에는 약자
를 사용하지 않겠다. 그렇게 되면 그곳은 더 이상 그 어느 곳
이라도 될 수 있는 '어떤' 나라가 아니게 되기 때문이다.

    TC는 아주 어릴 때부터 붉은 머리 개미(줄여서 '적두개미')
의 생식체계에 관심을 갖기 시작했다. TC의 초등학교 과학
선생님은 자기가 살던 아파트 건물에서 승강기를 타고 있던
중에 5층에서부터 승강기가 뚝 떨어지는 일을 겪었는데, 그
바로 전날 포유동물이 어떻게 번식을 하는지 설명해 주셨다.
기적적으로, 선생님은 전혀 다치지 않았지만 그 일로 너무 놀
란 나머지 황달에 걸렸을 뿐만 아니라 치유 불가능한 말 더
듬 병이 생겼다.

선생님의 말 더듬는 증상 때문에 TC와 같은 반 아이들의 학습 진도에는 큰 차질이 생겼다. 1주일이면 될 학습 진도를 마치는 데 이제는 4주가 걸렸고, 당연하게도 전체 학습 진도를 맞출 T가 부족했으며, TC의 최대 관심사였던 적두개미의 생식체계를 다루는 장章까지 도달할 수가 없었다. 궁금증은 더욱 지대한 관심을 낳는 법, TC는 개미에 대한 엄청난 관심을 주체할 수 없었고, 그 생각이 머리를 떠나지 않았다.

TC는 곤충의 몸과 영혼을 연구하는 헌신적인 생물학도가 되겠다는 꿈을 안고 의무교육을 모두 마쳤다. 하지만 학업 진도를 제대로 완수하지 못했기 때문에 생물학과 진학 시점이 되었을 때 TC의 성적은 대학 진학에는 부족한 수준이었다.

TC는 낙담하고 절망했으며 자신이 무능하게 느껴졌다. 마치 거인이 엄청난 괴력으로 TC를 쥐고 흔드는 것만 같았다. TC가 곤충의 세계를 관찰할 능력이 있는지 여부가 라틴어, 그리스어, 수학, 문예사 따위의 성적에 좌우된다는 게 아무리 노력해도 도저히 이해되지 않았다. 하지만 '어떤 나라'에서는 모든 일이 그렇게 진행되었다.

적두개미를 제외하면 아버지의 명대로 회계를 공부하는 수밖에 없었다. TC는 나이 고작 스물두 살에 회계사 자격을 취득했다. TC가 자격증을 따자, 아버지는 아들을 끌어안으며 어머니에게 근엄한 목소리로 말했다.

"여보, 우리 아들이 이제 사람 구실을 하는구려."

TC는 두 가지 이유로 아버지의 말을 괘념치 않았다. 첫째는 어머니가 자격증을 보고 너무나 감격했기 때문이며, 둘째로 회계는 나중에 그만두고 개미 사육장을 짓는 일에 전념할 계획이었기 때문이다. 개미 사육장 건설은 어려운 분야로, 전문가가 거의 없어 아주 유망한 직종이었고, 이 일을 하면 그가 어려서부터 늘 원했던 직업을 다시 찾을 가능성도 높았다. 하지만 TC와 적두개미 사이에 또다시 무언가 개입했다. 바로 결혼이었다.

TC의 신부에 대해서 T나 공간을 할애하는 일은 현명치 않다. 그럴 T가 없다. 그래서 TC와 마찬가지로 그녀에 대한 묘사 역시 생략하겠다. 금발이든, 검은 머리든, 나이가 몇이고 직업이 무엇이든, 성격이 상냥한지 반항적인지는 독자의 상상에 맡기겠다. 그녀가 어떤 사람이든 결과는 똑같다. 그녀를 TC의 아내 Mujer de TC라고 부르기로 하자. 나는 이를 줄여서 MTC라고 하겠다.

좋다. 그러면 MTC의 어린 시절과 그녀가 TC를 어떻게 만나서 어떻게 사랑에 빠졌는지에 대한 설명을 생략함으로써 우리는 약 여섯 쪽을 절약했으며, 이 이야기에 대한 독자의 관심이 당분간은 떨어지지 않도록 할 수 있었다.

TC와 MTC는 매우 간소하면서도 친밀한 결혼식을 치렀고, TC의 초등학교 선생님도 결혼식에 참석하셨지만 여전한 말더듬증으로 축하 인사조차 끝맺지 못하셨다. 선생님의 말 더듬 현상은 승강기 추락사고 이후에도 계속 악화 일로를 걸었다. 덧없는 신혼여행이 끝나고 TC와 신부는 살 집을 찾으러 나섰다. 둘은 먼저 도심에 위치한 큰 아파트를 찾았다.

"가격이 얼마라고 하셨죠?"

그다음에는 도시 반경 안에 있는 중간 크기의 아파트에 가봤다.

"가격 좀 다시 말씀해 주실래요?"

그다음에는 도심에서 멀리 떨어진 훨씬 더 작은 아파트를 보았다.

"그 가격이 확실한가요?"

신혼부부는 결국 교외에 24평 넓이의 아주 작은 아파트를 구했다. 물론 친구들에게는 32평이라고 말했다.

여기에 주차 공간을 하나 더했지만 다락방까지 딸린 집은 구할 수 없었다. 그 후 첫 아들 TC-1이 태어났다. 5년 후 둘째 아들 TC-2가 태어났고, 4년 후 MTC는 남편을 절망스럽게 원망했다.

"다락방이 있으면 셋째 아이를 가질 수 있을 텐데, 이 상태로는 옷장이 너무 작아서 다섯 식구 옷이 집에 다 들어가질

않잖아. 이젠 농장 다락방도 모두 꽉 찼어. 이제 도리가 없어."

아내는 구슬프게 울었다. TC는 고작 몇 평의 부족이 이 토록 중요하게 될 줄은, 몇 년 후 한 생명의 탄생 자체를 아예 부정하게 될 줄은 상상도 해본 적이 없었다. 하지만 어떤 나라에서는 일이 그렇게 돌아갔다.

가로세로 5미터 곱하기 12미터짜리, 이 조그만 면적에서 나오는 청구서 대금의 지불을 위해 TC는 인터내셔널 비즈니스 난센스International Business Nonsenses에서 일했다. 지금부터 줄여서 IBN이라 부를 이곳은 세계화, 분권화된 다국적 기업이었고, TC는 회계부에서 일했다.

그의 업무는 업체들에게 지불해야 할 청구서를 IBN의 캐비닛과 서랍 속으로 숨기는 일이었다. 청구서를 다시 보내도록 해서 지불 기한을 늘리기 위해서였다.

TC는 열심히, 장시간 일을 했다. 늦게 퇴근하기 위해서 사무실에 일찍 도착하곤 했다. 차를 가져오지 않는 날은 기차에서 많은 시간을 보냈으며, 기차로 출근하지 않는 날은 차에서 시간을 많이 보냈다.

그런데 그토록 바보 같은 업무를 하면서 왜 그렇게 종일 일을 했을까? 자발적으로 그렇게 헌신하고 몸 바쳐 일을 한 이유가 무엇일까? TC가 IBN에 그토록 의존했던 가장 큰 이유는 10년 전 은행에서 '너그럽게도' 빌려줬던 어마어마한 주택 융자 상환금을 매달 갚아야 하기 때문이었다. 그 금액에서 벌써 원금의 1퍼센트나 갚았다! 은행 지점장이 TC의 은행 잔고가 바닥났을 때마다 전화로 알려줬듯이, 원금이 전혀 줄어들지 않은 것보다는 훨씬 나았다.

TC가 주택 담보대출을 신청한 은행의 이름은…. 아, 이름이야 알아서 뭐하겠는가! 은행들이야 어차피 다 같은걸. TC의 은행Banco을 그냥 Bco라 부르기로 하자. 그러면 적어도 한 단락은 또 절약할 수 있다.

이 Bco는 TC의 장인 친구 중 한 분이 일하는 곳으로, 그는 평생 한 번 올까 말까 한 아주 좋은 융자 기회를 주는 거라고 했다. 너무 유리한 조건이니 그 조건은 비밀로 유지해 달라는 말도 덧붙였다. 실상은 다른 금융기관의 조건보다 더 불리했지만 TC는 장인이 은행에서 몰래 수수료를 받아 챙기고 있다는 걸 알게 되었다. MTC의 아버지는 매주 경마에서 어떤 말이 우승할 거라고 예측하고 돈을 걸어야 했던 모양이다.

그래도 상관없었다. 장인은 자기가 예측하는 우승마에 걸어달라며 마권을 살 $를 그에게 주었는데, 그때 자기도 그만한 액수를 다시 챙길 수 있었기 때문이다. TC는 마권 중개인에게 표를 한 번도 산 적이 없었던 것이다. 이렇게 해서 가족은 계속 긴밀한 관계를 유지하고 계산을 공정하게 할 수 있었다.

　이제 이야기를 간략하게 정리할 수 있겠다. 마흔 살인 TC는 MTC의 남편이자 TC-1과 TC-2의 아버지이나, 다락방도 TC-3도 없고 IBN에서 마지못해 일하며, 자신이 세상에 태어난 목적인 적두개미를 위해 할애할 T가 없다. 소설 한 편을 이렇게 쉽게 축약할 수 있다!

　하지만 이야기로 돌아가 보자. 문제는 TC가 라디오에서 말기 환자 전문의가 하는 말을 들었을 때 시작되었다. 의사는 "모든 이들은 생을 마감할 때 인생을 결산해 본다"고 했다.

　이 말을 들은 TC는 매우 놀랐다. 그는 회계사라서 '결산'은 회사를 청산할 때만 하는 게 아니라는 걸 알고 있었다. 결산은 매년, 그리고 같은 회계연도 중에도 여러 번 하게 된다. 삶을 결산하는 건 왜 달라야 하지? 왜 우리는 임종의 순간까지 인생의 결산을 미뤄야 하지? 이런 의문이 생기자, 생전에 인생을 결산할 수도 있다는 가능성이 떠올랐다.

　지금 이 글을 읽는 이들 중에 회계에서 말하는 결산, 또는 대차대조표의 개념을 모르는 분들을 위해 결산이란 '자산 Activo'과 '부채 Pasivo'로 이뤄진다고 말해두겠다. 자산은 A로, 부채는 P로 축약되는데, 이건 내 말이 아니라 회계 전문가들이 징해놓은 약어다.

　자산에는 한 회사가 갖고 있거나 소유하거나, 또는 청

구 예정인 모든 게 포함된다. P는 빚지고 있는 모든 것, 즉 채무와 주주들이 회사에 예치한 자본을 포함한다. 대개, 모든 결산에서 A와 P는 같다. 즉 둘은 늘 맞아떨어지게 되니 갖고 있는 것과 빚지고 있는 것이 똑같다는 뜻이다. 이 말은 아무에게도 전혀 빚지지 않은 건 곧 가질 수가 없다는 뜻이니 얼마나 끔찍한 일인가. 하지만 이게 현실이다.

어쨌든 TC는 어느 잠도 오지 않는 밤에 자기 인생의 A와 P를 따져봤고, 그 결과 심장이 두근대고 울고 싶어졌으며 모든 걸 포기하고 싶었다. 그제야 자기가 어떤 난관에 처해 있는지 깨달았던 것이다. 아니, 온 세상의 TC들이 막다른 골목에 몰렸다고, 아니 더 정확하게는 인류가 던져놓은 엄청난 덫에 빠졌다고 하는 편이 맞을 테다.

TC는 안절부절못하고 식탁으로 가서 의자에 앉았다. TC는 먼저 A, 즉 자기가 가진 것을 따져봤다. 32평, 아니 24평 크기의 아파트 한 채, 주차장 한 자리, 지금은 자기가 쓰고 있으며 전에는 다른 사람들이 썼던 중고 자동차, 가구, 그리고 Bco에 예치해 둔 $3100, 침대 매트리스 아래 숨겨둔 $450가 다였다. MTC는 남편이 새벽 3시에 옆방에서 하고 있는 매우 괴상한 이 회계 연습에 대해 전혀 알지 못한 채, $를 숨겨둔 그 매트리스 위에서 평온히 자고 있었다.

"내가 가진 게 이렇게 많군! IBN에서 쥐꼬리만 한 월급을 받으면서 어떻게 이럴 수가 있지? 그는 이렇게 자문했다.

그리고 자답했다.

"아, 부채를 따져봐야지!"

처남에게 빚지고 있는 $1500부터 부채 목록을 작성하기 시작했다. 처남은 세상의 다른 모든 처남들과 같았다. TC 자신의 처남이라는 점만 빼고는. 세상 모든 처남들은 아무도 이해할 수 없는 매우 이상한 사람들이라는 건 누구다 다 아는 사실이다.

약 4년 전 TC가 그의 여동생과 결혼했을 때 처남 부부는 TC 부부보다 사정이 훨씬 나았다. 처남이 가진 모든 것이 TC의 것보다 더 컸다. 자동차, 집, 텔레비전, 저축액이며 자존심까지. 그 $1500는 커튼 사건 당시에 처남이 빌려준 돈이었다. TC는 직접 커튼을 설치하겠다고 고집을 피웠는데 커튼에 봉에 끼울 구멍이 이미 나 있다는 건 미처 알지 못했다. 그는 커튼 봉과 커튼을 연결해 줄 고리용 구멍을 만든답시고, 커튼 안쪽을 펼쳐서 드라이버와 전정가위로 구멍을 냈다. MTC는 남편을 못 미덥게 바라봤지만 하지 못하게 말릴 수가 없었다.

결국 커튼은 위아래 양쪽에 모두 구멍이 나서 버려야 했고, MTC는 매우 불안해했다. 그날 밤에 TC의 상사Jefe, 즉 J 부부가 오기로 되어 있었고, 무슨 수를 써서라도 커튼을 달아야 했다. 하지만 커튼을 다시 살 $가 없었다.

MTC는 오빠에게 전화를 걸었고 오빠는 한 시간 내에 커튼 전문가를 데리고 나타났다. 그는 $1500에 문제를 해결해 주었고 TC는 이 돈을 갚겠다고 약속했다. 하지만 이 액수를 청산할 만큼 여유가 있던 적이 없었는데 멍청한 처남은 집에 찾아올 때마다 얄밉게 비꼬면서 말했다.

"커튼 참 예쁜데 그래."

하지만 그게 부채의 전부가 아니었다. 커튼 때문에 생긴 $1500 외에도, TC는 $35만 5000를 Bco에 빚지고 있었다. 지구 위 고작 24평의 면적을 사기 위해, 은행에서 빌려야 했던 대출금에서 아직 갚아야 할 금액이었다. 이렇게 해서 TC의 P 총액은 $35만 6500였다.

TC는 P를 살펴보고는 생각에 잠겼다. 이게 바로 내가 지고 있는 빚인가? 아니었다. 마음속에서 무언가가 인생을 좀 더 깊이 있게 결산해야 한다고 말했다.

TC와 아내의 소득을 합하고 지출, 그러니까 교육비, 자동차 연료비, 기차 요금, 식료품, 피복비, 별로 보장해 주는 것도 없는 보험료, 전기, 가스, 수도 요금, 토요일 영화 관람 비용, 토요일 영화 관람 때마다 드는 팝콘 값, 그 팝콘으로 생긴 엄청난 갈등을 해소하기 위해 토요일 영화 관람 때마다 지출하는 음료수 값을 제하고 나면 딱 $1400가 남았는데, 그중에서 정확히 $1366.22가 매월 말에 융자금 상환을 위해 Bco

에서 자동 인출되었다. TC는 이 금액을 외우고 있었다. 벌써 120개월 동안이나 매월 자기 계좌에서 빠져나가는 걸 보았기 때문이다. 일천삼백육십육 달러하고도 이십이 센트였다. 달리 말해 도저히 저축할 여력이 없었다.

TC는 이날 밤 그 사실을 다시 확인해 보았다. Bco에 진 빚을 모두 갚으려면 35년이 걸릴 터였다. 그러니까 그가 진 빚은 $의 빚이 아니었다. 그건 바로 시간의 빚이었다! 참, T라고 해야 하지. 어쨌든 싫든 좋든 그게 현실이었다.

정리해 보면 이랬다.

TC의 대차대조표

A (가진 것)	P (빚진 것)
아파트	35년
자동차	
가구	
은행 잔고 $3100	
매트리스 밑에 숨겨둔 $450	
차량 한 대 주차 공간	

달리 말하면 평생 갚아야 하는 주택 담보대출금은 결국 인생을 저당 잡힌 결과라는 게 자명했다. TC는 자신이 가진 T를 모두 팔아버린 것이다. 그는 그와 같은 다른 보통 남자들이 모두 그렇듯, 'T를 파는 사람'이었던 것이다. 갑자기 그의 의식에 무거운 바윗덩이가 떨어진 듯했다. 그는 언젠가는 때가 오리라 생각하고 적두개미를 일단 미뤄두고 있었다.

그러다가 이제야 너무도 분명히 알게 되었다. 적두개미를 위해 할애할 T는 평생 없을 것이며 적두개미 생식체계의 미스터리는 평생 못다 한 숙제로, 해결해야 할 문제로 그의 마음에 늘 남아 있을 거라는걸. 생의 마지막 순간, 죽음의 문턱에서 그는 손실로, 지급유예로, 완전 도산으로 생을 결산하게 되리라는걸.

TC는 그럴 수는 없다고 중얼거렸다. 정확히 이렇게 말했다.

"그럴 순 없어."

회계 전문가이면서 어떻게 이렇게 숨 막히는 결산이 나올 줄 몰랐단 말인가? 체제의 문제일까? TC는 이와 관련해 한 줄기 희망의 서광이라도 비칠까 하며 체제의 대차대조표를 작성해 보았다.

"체제는 내 T의 거의 전부를 소유하고 있지만 내게 빚진 건 아무것도 없어."

TC는 혼잣말을 했다. 이 대차대조표는 매우 간단했다.

체계의 대차대조표

A (가진 것)	P (빚진 것)
내 T 모두	없음

이 점을 깨닫자, 좀 전보다 더 질식할 것만 같았고 처남과 커튼쟁이, 장인과 Bco 지점장, J와 그 부인, 과학 선생님 등을 죽여버리고 싶은 끔찍한 충동이 들었다. MTC를 깨워야만 했다. 그는 아내가 자고 있는 침실로 달려갔다.

"여보, 여보! 일어나 봐!"

아내는 놀라서 벌떡 일어났다.

"사랑하는 MTC, 나는 일흔다섯 살까지는 내 인생을 적두개미가 어떻게 번식하는지 관찰하는 데 바칠 수가 없어!"

MTC는 눈을 비비면서 소리쳤다.

"지금 새벽 4시야! 당신 미쳤어? 왜 그래?"

"아냐, 아냐! 미친 건 세상이야! 왜 35년 동안 매일, 월요일부터 금요일까지 청구서를 숨기면서 살아야 하지? 뭐 때문에? 여보, 무슨 수를 내야 해. 지금 나는 내 운명과는 관계없는 일에 내 T를 너무 많이 허비하고 있어. 내 운명은 개미의 운명과 밀접한 연관이 있단 말이야."

MTC는 얼마 전에 천을 갈아서 조심스러운데도 불구하고, 남편더러 소파에서 자라고 등을 떠밀었다. 그리고 다음 날 남편을 이웃 여자가 추천하는 정신과 의사에게 보내야겠다고 결심했다. 가짜 자격증을 소지한 의사였다. 이웃집 여자라는 내 말에 놀랄 필요는 없다. 미친 이웃 여자 한 사람쯤이야 다들 있을 테니까.

문제의 이웃집 여자는 402호에 살았는데, 아이들과 대화하는 법을 배우기 위해 정신과 치료를 다니다가 최근에는 그 정신과 의사와 사랑에 빠졌다. 거기까지는 정상이다. 하지만 문제는 이 여자에게 아직 아이들이 없다는 것이다.

"오늘 할 일을 내일로 미루지 말자는 거지."

여자는 이렇게 말하곤 했다. 여자의 남편은 몇 번이나 그러지 말라고 했지만 이 고집 센 여자는 다른 환자의 아이들이 그린 그림을 해석하는 치료를 시작했다. 물론 자기 아이의 그림을 가져갈 수가 없기 때문이었는데, 그렇다고 의사의 그림을 분석할 수도 없는 노릇이었다.

정신과 의사는 러시아계 아르헨티나 사람이었다. 이름도 긴 니콜라스 체레놀로조프 Nicolas Tcherenolojov 박사를 훨씬 더 짧게 닥터 체 Dr. Che 라고 부르기로 하자.

결국 축약해서 다시 말해보면 MTC는 TC를 설득해서 적두개미 문제에 대해 닥터 체를 만나 진료를 받아보라고 설득했다.

하지만 우리의 주인공은 닥터 체를 믿지 않았다. 일단 의사라는 것부터가 의심스러웠고, 러시아계라는 것도, 어쩌면 아르헨티나 사람이라는 것도 믿을 수가 없었다. 닥터 체의 진료실에 들어갔을 때 TC는 이웃 여자와 의사가 치료용 침대 위에 엉켜 있는 모습을 상상하지 않을 수 없었다. 아이들이 아무렇게나 그려놓은 그림 수십 장이 둘의 벗은 몸 위에 여기저기 흩어져 있는 광경이겠지. TC는 그건 너무 잔혹하다고 생각했다. TC에게는 너무 심한 일이었다. 그는 거기서 달려 나가고만 싶었다.

하지만 놀랍게도 MTC가 남편에 관해 걱정되는 점을 상세히 이야기하자 닥터 체는 TC에게 이렇게 말했다.

"선생님께서는 충분한 $를 모을 때까지 적두개미의 생식체세를 관찰하는 데 인생을 바칠 수 없습니다. 그리고 자영업을 시작하지 않는 한, 결코 수지를 맞출 수가 없습니다. 하지만 선생님은 사업을 시작하는 방법을 모르시니까 그 점을 다 같이 인정해야 합니다. 우선, 사업가들을 위한 마케팅 과정에 등록하셔야 합니다. 하지만 IBN에서 일을 하셔야 하니까 거기에 할애할 T가 없지요. 그러니까 선생님은 통신 교육과정에 등록하셔서 매주 구독형 분책 교재로 공부를 하십시오. 개인적으로 세계의 전문인Profesionales del Mundo 출판사의 책을 권하고 싶습니다. 아주 잘 돼 있거든요."

MTC는 어안이 벙벙해졌다. 일단 남편을 옆방인 대기실로 보냈다.

"아니, 의사 선생님이야말로 돈 거 아니에요?"

MTC는 의사에게 소리를 질렀다.

"진정하세요, 부인."

"지금 진정하게 됐어요? 적두개미만으로도 지금 문제가 충분히 심각하잖아요, 안 그래요?"

닥터 체는 심호흡을 하고 MTC가 진정하기를 기다렸다가 진중하게 말했다.

"잘 들으세요, 부인. 부군께서는 지금 집착증을 겪고 계십니다. 집착은 없애려고 노력한다고 해서 없어지는 게 아니에요. 그럴수록 환자는 그 대상에 더욱더 집착하게 되니까요. 남편의 경우에는 집착이 적두개미라는 형태를 띠고 있을 뿐이지요. 어릴 때 해결되지 않은 문제임에 틀림없습니다. 정통

정신분석 결과를 통해서만 올바로 알 수 있는데, 그 분석까지 하려면 T를 너무 잡아먹으니 그쯤 되면 두 분은 아주 지치게 됩니다. 그러니까 집착의 대상이 점차 작아지게 만들려면 고의적으로 관심을 분산시킬 요소를 도입해서 전략적인 치료를 실시해야 해요. 그래서 이번에는 제가 통신 교육 과정을 통해 자영업을 시작해 보라는 방안을 낸 거지요. 세네갈 우표나 15세기 외알 안경이라든지, 중국 젓가락 등 공부의 대상이 될 수 있는 건 많아요. 하지만 뭘 권하려면 논리가 있어야 하기 때문에 자영업 개시를 위한 마케팅 과정을 선택한 거예요. 그렇지 않았으면 미끼를 물지 않았을 겁니다. 하지만 물었습니다. 제대로 물었지요. 눈치 못 채셨나요? 부군은 통신 교육 과정을 시작하기로 작정을 하셨어요.”

“그런 다음에는요?”

MTC가 물었다.

“교육 과정을 마치지 못할 겁니다.” 닥터 체는 푹신한 자기 의자 안에 편안히 기대앉으면서 의기양양하게 말했다.

“통신 교육을 완전히 마치는 사람은 아무도 없습니다. 그래서 남편과 같은 집착증 환자한테는 늘 통신 과정을 치료법으로 제시하지요. 통신 교육 과정은 아무리 심하고 괴상한 집착이라도 없애줍니다. 그 과정을 마치는 사람은 없기 때문이지요. 앞으로 어떤 일이 일어날지 말씀드려볼까요? TC 씨는 창업자를 위한 마케팅 과정에 등록하실 겁니다. 그걸로 다른 노력 없이도 저 개미인지 뭔지는 잊어버리실 겁니다. 통신 교육에 지친 다음에는 과정을 그만둘 거예요. 그리고 어느 날 문득 깨닫게 되는 거지요. 내가 원래 이런 데 관심이 없었구나 하는 걸요. 적두개미고 통신 과정이고 이제는 작별이에요. 그때가 되면 남편께서는 완전히 낫는 겁니다."

부부는 진료실에서 나왔다. TC는 당장에 통신 교육 과정에 등록하러 갔고 MTC는 술집에 가서 목 놓아 울었다. 그리고 둘의 인생은 이날부터 완전히 바뀌었다.

이
회사를
그만
두겠
습니다

닥터 체는 TC가 재택 학습 과정을 완료하리라는 건 꿈에도 예상하지 못했다. 진료실 벽이 매우 얇아, TC는 의사가 아내에게 하는 말을 다 들었고, 이제 더 이상 적두개미에 대해 언급해서는 안 된다는 걸 알았다. 정신과 의사의 치료가 효과를 나타내기 시작했다고 MTC가 믿을 때까지 조용히 있을 터였다. 하지만 실제로는 창업할 시점이 되면 매우 기민하게 행동할 것이며 두 가지 일을 연관시킬 참이었다.

그때까지 그는 정상적이고 체제에 적응하고 순응하는, 그리고 체제에 자기 T를 기꺼이 팔 의향이 있는 사람인 척해야 했다. 그가 돌이킬 수 없는 도약을 위해 성실하게 준비 중인 걸 아무도 눈치채서는 안 되었다.

이렇게 MTC 앞에서는 적두개미에 대해서 입을 다물고 분책 교재만을 열심히 읽었다. 10호까지는 집에서 공부를 했다. 그런 다음에는 이제 싫증이 난 사람처럼 다음 호를 받아 보는 간격을 늘려갔다. 2주 동안 마케팅 공부를 하지 않기도 하고, 어떤 호는 소파에 그냥 버려둬 잊어버린 것처럼 보이게도 했다. 다음 호는 3주 후에 받아 보았다. 그다음부터 분책 교재는 더 이상 집에서 발견되지 않았다.

　　TC는 기차에서 공부해 볼까 하는 유혹에 빠진 적은 없었다. 이웃에게 발견되어 무심결에 부인의 귀에 들어갈 수도 있기 때문이다. 그래서 행동반경이 좁아질 수밖에 없었고, 매일 공부할 수 있는 T에 제한이 생겼다. 하지만 우리의 주인공은 다시 한번 기민하게 행동했다.

　　화장실만큼 진정한 영감을 주는 장소도 없었다. 천재들은 이 말에 동의하지 않을지도 모르지만 인류의 위대한 사상 가운데 상당수는 화장실에서 비롯되었다. 세상을 바꾸었거나 수백만 명의 목숨을 살린 뛰어난 과학자들의 발견도, 듣는 이를 천상으로 인도하는 가장 아름다운 음악도 창작자가 변기에 앉아 있을 때 구상되었다.

　　우리의 주인공도 마찬가지였다. 다른 사람에게 들키지 않기 위해 TC는 IBN 건물 자기 사무실이 있는 층의 화장실에서 남은 분량을 공부했다. 변기에 앉아 바지는 발목까지 내린, 품위와는 거리가 먼 자세로 창업자가 알아야 할 마케팅의 모든 걸 배웠다. 그의 아버지는 아들이 그렇게 공부하는 걸

봤다면 매우 자랑스러워했을 테다. 물론 자세가 아니라 공부의 강도에 대해 하는 말이다.

하지만 그토록 조심스럽게 해왔던 이 모든 게 곧 끝날 때가 되었다. 몇 달이고 공부를 하다 보니 이제 분책 교재는 마지막 호 하나가 남았을 뿐이었다. 화장실에서 아이디어를 내는 데 매일 일정 시간을 할애하기로 한 것도 이때였다. 자기를 백만장자로 만들어줄 창업 아이디어가 필요했기 때문이었다.

마케팅 과정에서 이른바 브레인스토밍 brainstorming이라는 기법에 대해 배운 적이 있다. 여러 사람이 모여 머리에 떠오르는 모든 생각을 각각의 포스트잇에 기록하는 거였다. 그런 다음에는 이 수많은 포스트잇을 벽에 붙였다. TC는 포스트잇 몇 묶음을 살그머니 챙겨서 화장실로 갔다. 영감을 받기 위해 바그너의 오페라를 틀고 이어폰을 착용한 다음 볼펜을 들고 구상을 시작했다.

"보자, 사람들한테 필요한 게 뭐지? 물론 $이지. $를 팔 수 있겠다. 아냐, 이건 제외. $를 판다는 게 말이 안 되지. 설령 제 가치보다 더 비싼 값에 팔 수 있다 해도 사업 규모가 엄청날 테지. 그런 거라면 이미 은행들이 많잖아. 나는 새롭고 색다른 걸 생각해 내야 해. 안 그러면 백만장자가 될 수 없잖아."

어쨌든 '$'라고 쓴 포스트잇 하나를 벽에 붙인 다음 계속했다.

"사람들은 애정이 필요해. 우리는 모두 따스한 손길이 부족하잖아. 그래도 사랑을 팔 순 없어. 안 되지. 사랑을 팔 순 없어. 그런 거라면 이미 야간 업소들이 있잖아."

TC는 다른 포스트잇에 '사랑'이라고 쓴 다음 앞에 쓴 종이 옆에 붙였다. 분명한 건 그가 시간을 알차게 보내고 있었고, 아이디어를 구상하는 데 매우 만족스러워했다는 점이었다.

"인내심. 사람들은 참을성이 많아져야 해. 아냐. 이것도 제외. 내가 인내심 과정을 개설하고 교육한다면 사람들은 불안해할 거야. 게다가 공무원들이 이미 국민들에게 인내심을 가르치고 있는걸."

그래도 새 종이에 '인내심'이라고 쓴 다음 벽에 붙였다.

"사람들은 웃음이 필요해. 아냐, 제외. 회계사들은 남을 웃길 줄 모르지. 내가 사람들을 웃기려 든다면 아주 형편없을 거야. 게다가 그건 이미 정치인들이 하고 있잖아."

하지만 다른 종이에 '웃음'이라고 쓴 다음에는 나머지와 함께 벽에 붙였다.

T가 눈 깜짝할 새 지나갔고, TC는 화장실 칸의 벽에 노란 종이쪽지들을 붙이면서 세 시간 반을 보냈다는 걸 깨닫지 못했다. 잠시 동안, 바깥에서 웅성거리는 소리가 나는 듯하더

니 TC가 미처 반응을 보일 시간도 없이 〈탄호이저Tannhäuser〉의 마지막 소절과 함께 화장실 문이 그의 머리 위로 떨어졌다. 문이 한쪽 옆으로 쓰러진 다음, IBN의 경비원, 인사과장, 그의 모든 동료들과 비서가 나타났다.

화장실 안에서 볼펜 하나를 들고 '사랑', '웃음', '$', '인내심' 등이 적힌 포스트잇 200개 이상에 둘러싸인 TC는 그 장면을 정당화할 어떤 설명도 생각해 낼 수가 없었다.

"대체 여기서 뭐하는 거요?"

인사과장Director de Personal이 물었다. 이제부터 그를 줄여서 DP라고 부르기로 하자.

"몇 시간 동안 아무리 불러도 대답도 않으시고. 얼마나 찾아 다녔는 줄 알아요? 이제 문 닫을 시간이에요. 우리가 부르는 소리 못 들었어요?"

TC의 부서에서 일하는 비서가 화가 나서 덧붙였다.

거리로 나왔을 때는 이미 사기가 바닥으로 떨어진 후였다. 그는 제일 친한 친구를 찾아가기로 했다. 비밀을 털어놓을 수 있고, 비밀을 굳게 지켜줄 유일한 사람이었다. 다비드David, 줄여서 DVD라고 부를 친구는 나이가 오십 줄에 들어선 뚱뚱한 상인이었는데 그의 가게는 IBN에서 불과 몇 분 거리에 있었다.

"자네가 여기 웬일이야?"

DVD는 사신의 작은 점포로 들어서는 TC를 보고 인사했다. 풀이 죽어 고개를 떨어뜨리고 걷던 TC는 친구와 눈도 맞추지 않았다.

"안 물어보면 좋겠네요."

TC는 한숨을 쉬었다.

"일진이 안 좋았나?"

"한심했죠. 아주 형편없었어요. 말해봐야 믿지도 않을 거예요. 다른 얘길 했으면 좋겠어요. 그런데 한 가지만 얘기해 줘요. 자영업을 하는 게 복잡한가요?"

DVD는 사용하던 빗자루의 막대에 몸을 기대고 TC를 찬찬히 살펴봤다. 그런 다음 말했다.

"이봐, 자네 나이에는 꼬일 만한 일은 시작 안 하는 게 좋아. 지금 경기가 아주 안 좋은 데다 자네는 큰 위험 부담을 감수할 생각은 없지 않나. 지금 회사를 그만두고 일이 잘 안 풀리면 다시 일어서기가 아주 힘들어. 자네 동네에 실직자가 얼마나 되지?"

"공식 통계로는 70퍼센트래요."

"열 명 중 일곱 명 꼴이군. 그럼 자네도 그 일곱에 포함되는 거야."

TC가 듣고 싶었던 말은 이게 아니었다. TC는 열심히 해보라든지, 잘 될 거라든지, 그 비슷한 말을 기대했다. 이런 말이 구체적인 방향을 제시하는 건 아니지만 창업을 하려는 사람들은 당면한 도박만으로도 현기증이 생기기 마련이다. 그렇기 때문에 이를 극복하기 위해서라도 이런 격려의 말이 필요했다. DVD의 대답은 기운을 북돋우지는 않았지만 진솔했다. DVD는 마지막에 미소를 띠고 이 한마디를 덧붙였다.

"어쨌든 자네가 창업을 하기로 결심한다면 내가 성심껏 도움세. 자네는 내가 가장 아끼는 친구가 아닌가."

TC도 그에게 미소를 보냈다. TC에게 필요한 게 있었다면 그건 바로 이런 미소였다.

TC는 집으로 가는 길을 재촉했다. 이제 어쩐다? 오늘 오후에 일어난 일로 이제 IBN에서는 체면을 유지하기가 어려워졌다. 회사 전체에 소문이 날 터였다. 이제 어떻게 낯을 들고 화장실에 간담? 갈 수 없을 테지. 회사를 그만둘 때가 되었다는 게 분명해졌다. 오늘 밤 당장 MTC에게 이야기해야겠다. 아내가 과연 어떻게 받아들일까?

그날따라 아이들은 평소보다 훨씬 더 피곤해했다. 완자 요리인 알본디가albóndiga와 초콜릿 과자 열댓 개로 저녁을 먹고, 잠자리에 들어서도 물을 아홉 번이나 마시고 여섯 번이나 화장실에 다녀온 다음에야 잠이 들었다.

TC는 아이들이 잠들기를 기다렸다가 아내에게 말했다.

"사업을 하고 싶어."

믿을 수 없게도 아내는 전혀 안색이 변하지 않았다. 내 말을 닥터 체의 치료와 연관 짓지 못하는 걸까? 그 일이 전혀 기억이 안 나나? 그건 TC가 자신의 전략을 완벽하게 실행했다는 뜻이었다. MTC는 불을 끄기 전에 한 가지만 물었다.

"돈이 많이 들 것 같아?"

"아니, 당장은 전혀."

"그럼 원하는 대로 해."

MTC는 못 할 이유도 없다는 듯 자연스럽게 대답했다.

둘은 잠자리에 들었다. TC는 그제야 IBN를 그만두겠다는 말을 잊었다는 걸 깨달았다. 저도 모르게 빼먹고 이 사소한 사실을 말하지 않은 거였다. 어쨌든 물은 이미 엎질러졌고, 부부가 뭔가에 일단 동의했을 때는 평화를 깨지 않는 편이 낫다는 걸 TC는 알고 있었다.

TC는 매우 행복하게 잠을 이룰 수 있었다. 이제 자기 사업을 시작할 참이었다. MTC도 행복하게 잠을 이루었다. 남편이 이제 다 나았다고 믿었기 때문이었다. 닥터 체도 만족스럽게 잠들었다. 이웃 여자가 이미 그와 함께 살고 있었던 것이다.

다음 날, TC는 평소보다 집에서 훨씬 늦게 나갔다. 회사를 그만두러 가는 길이었다. TC는 기차에 올랐다. 지난 10년 동안 기차에서 앉아본 적이 한 번도 없었다. 기차는 늘 만원이었고 사람들로 콩나물시루 같았다. 그런데 이 시각에는 객차가 텅텅 비어 있었다. TC는 왜 이런 빈 객차들을 러시아워 때 열차 뒤에 연결하지 않을까 자문해 보았지만 신빙성 있는 해답을 찾을 수가 없었다.

자리에 앉아봤지만, 앉아본 적이 없어서 자세가 나오지 않았다. 마치 물 밖에 나온 고기가 된 느낌이었다. 다리를 꼬아도 보고, 등을 기대도 보고 곧추세워도 보고, 뒤로 누워도 보고, 심지어 엄마 배 속의 아기처럼 웅크려도 보았지만 어떤 자세도 편치 않았다. 기차에 앉는다는 경험 자체가 너무 새로웠다. 잠시 후 그는 일어서기로 했다. 1분이라도 더 앉아 있다가는 초조함을 견디지 못할 것 같았다. 가로막대 하나에 몸을 의지하고 얼굴을 열차의 유리문에 대었더니 같은 객차에 타고 있던 두 아주머니가 멍하게 쳐다봤다.

열차가 운행하는 동안 내내 문에 붙어서 가면서 상사들에게 할 말을 연습했다.

"저 떠납니다."

아니, 그건 너무 멋이 없었다.

"더는 못 하겠습니다."

아니, 그렇게 말하면 사람이 약해 보였다.

"사직하겠습니다."

아니, 그건 부당 해고처럼 들렸다.

"이제 일을 안 하겠습니다."

아니, 그건 맞지 않았다. 다른 일을 계속할 거였으므로.

제일 좋은 방법은 즉석에서 나오는 대로 말하는 거였다. 드디어 내려야 할 역이었다. 역에서 나와 길을 건넌 다음 IBN으로 들어갔다. 자기 부서로 가자 동료들이 모두 불안한 눈길로 그를 쳐다봤다. 청구서 숨기러 이렇게 늦게 나와도 되는 거야? 하지만 감히 아무도 그를 비난하지는 못했다.

TC는 마치 금방이라도 자동권총을 꺼내 난사할 듯한 서부의 총잡이처럼 걸었다. 그는 천천히 힘을 주어 자기 책상을 지나 J의 책상까지 직행했다. 생전 처음으로 노크를 하지 않았다. TC는 주먹질 한 방으로 문을 밀치고 이 한마디를 외쳤다.

"이 회사를 그만두겠습니다."

하지만 아무 대답이 없었다. 사무실은 비어 있었다. 그의 뒤에서 J의 비서가 그를 쳐다보지도 않은 채 전화 받듯 사무적으로 말했다.

"다음 주까지 안 나오세요. 원하시면 메시지를 전해드리죠."

TC는 대답하지 않기로 했다. 그리고 곧장 DP의 사무실이 있는 7층으로 갔다. 역시 아무도 없었고, DP가 어디 있는지도 몰랐다. 위층으로 부장을 만나러 올라갔다. 그의 비서가 말하길 적어도 2주 정도 부재중일 거라 했다. TC는 사장에 대해서도 물었지만 회사에 언제 나타나는지는 아무도 몰랐다. 대체 이런 일이 어디 있는가! 그만두겠다는 말을 통고할 사람이 없다니! 결국 그는 청소하는 여직원에게 사직서를 주고 J 중 아무에게나 전달해 주겠다는 약속을 받았다.

TC는 그를 그토록 불행하게 만들었던 책상을 영영 떠나기 전에, 몇 달 후에 다시 찾아야 할 청구서들이 어디에 숨겨져 있는지를 동료들에게 알려줬다. 미결인 채 남아 있는 일이 없도록 하기 위해서였다. 자기가 그만두는 것으로 다른 사람에게 피해를 입히고 싶지는 않았다.

아래층으로 내려가 바깥으로 나왔다. 그러자 엄청난 해방감이 느껴졌다. 그는 전속력으로 달리기 시작했다. 어디로 가는지는 몰랐다. 그냥 달리고만 싶었다. 이따금씩 발레복을 입은 발레리나처럼 팔을 치켜들면서 펄쩍 뛰어오르기도 했다. 가볍고, 행복하고, 자유로운 느낌이었다. 얼룩말 같은 발걸음으로 뛰다가 공중제비를 넘기도 했다. 한 경찰관이 그를 제지했다. 경관은 신분증을 보자고 했지만 창업을 하려고 방금 회사를 그만뒀다고 말하자 사인을 해달라고 했다.

두 시간 동안 거리를 누비고 다닌 다음에는 통신 교육 분책 교재를 정기적으로 사던 가판대까지 갔다. 마지막 호가 나와 있었다. 그는 뜨거운 포옹으로 가판대 주인과 작별했다.

주인은 그토록 열렬한 포옹의 의미를 이해하지 못했지만 TC는 항상 가판대 주인을 통신대학의 수위라고 생각했다. 수위들과는 늘 포옹으로 작별해야 하지 않는가.

그는 술집에 들어가 테이블을 잡고 앉았다. 교재를 빠른 속도로 읽어 내려가 마지막 호를 단숨에 끝내버렸다. 그것만 마치면 이제 창업 준비가 완료된다는 걸 알기 때문이었다.

닥터 체의 말이 맞았다. 통신 교육 과정을 마치는 사람은 아무도 없었다. 하지만 TC는 예외였다! 그러므로 그는 어떤 나라에서 마지막 호의 마지막 문장을 읽은 유일한 사람이었다. 바로 그 때문에 이제 막 시작될 복잡한 일에 엮이는 유일한 사람이기도 했다.

마지막 문장은 이랬다.

"요약하면, 마케팅은 소비자의 필요를 충족시키는 재화나 용역 또는 상품이나 서비스를 개발하는 것이다."

TC는 무언가에 한 대 맞은 듯했다. 276권이나 되는 이전 호의 교재들은 필요도 없지 않나. 이 말, 이 간단한 문장만으로 마케팅이 무엇인지 아는 데 충분했다. 전에 읽었던 교

재들은 모두 소용이 없었다. 이 요약에 따르면 인간을 부자로 만들어줄 제품이란 너무나 뻔했기 때문이었다. 바로 눈앞에 답이 있지 않은가! 필요를 충족시키는 것이다! 바로 이거였구나! 이제 됐다!

TC는 커피가 반이나 남았는데도 값을 치른 다음, 급하게 택시를 타고 아론의 사무실로 갔다. 아론은 10년 전에 TC가 주택 융자를 받을 때 수속을 해줬던 변호사다. 그는 사무실에 도착했다.

"아론, 내가 창업을 하려고 하거든. 가능한 한 빠른 시일 내에 운영을 시작할 수 있어야 한다네. 당장 절차를 밟자고."

아론은 종이와 볼펜을 들고 필요한 정보를 받아 적기 시작했다.

"회사 이름은요?"

TC는 잠시도 주저하지 않고 답했다.

"자유주식회사."

"설립 목적은요?"

"남자의 필요를 충족시킨다."

"매춘은 불법인데요."

"아니, 아니야."

TC는 분명히 말했다.

"필요를 충족시키는 보다 윤리적인 방법이 있어."

아톤은 그렇게 적고 나서 물었다.

"주소는요?"

TC는 자기 아파트 주소를 주었다. 사무실을 열거나 임대할 만한 $가 없었다. 몇 가지 양식을 작성한 다음, 변호사는 소정의 수수료를 청구하고 필요한 서류가 최대한 빠른 시일 안에 발급되도록 하겠다고 말했다.

변호사 사무실에서 나설 때 TC는 문제가 하나 있다는 걸 깨달았다. 분책 교재에 따르면 비즈니스에서 성공을 거두려면 휴렛팩커드Hewlett-Packard나 다른 성공한 실업가들처럼 차고에서 창업을 해야 한다고 했다. 하지만 TC에게는 차고가 없었고 아파트 공용 주차장에 차 한 대를 댈 수 있는 주차 공간이 있을 뿐이었다.

하지만 해결책이 있었다. 이웃의 주차 공간과 분리하기 위해 그려놓은 주차장의 주차선마다 격자창으로 된 유리 파티션을 각각 설치하는 것이다. 그는 사무 집기를 파는 회사에 전화해서 설치를 요청했다. 자동차가 들어오는 쪽에는 작은 문을 달도록 했다. 모아뒀던 예금이 거의 다 들긴 했지만 아주 근사하게 완성되었다. 자유주식회사는 이제 창립되었고 정석대로 차고에서 창업을 했다.

같은 날, TC는 십으로 올라가서 식당 탁자 하나, 응접실 전등 하나, 부엌 의자 하나, 그리고 아이들의 컴퓨터를 가져와 모두 주차장, 아니 새로 만든 회사의 사무실에 놓았다. 아이들의 컴퓨터는 비디오 게임에만 쓸 수 있는 게 분명했지만 사무실에는 본디 모니터가 한 대 있어야 하지 않는가. 그의 사무실이라고 예외가 될 수는 없었다.

그는 녹초가 되었지만 행복했다.

그런데 뒤쪽에서 자동차 소리가 났다. MTC가 아이들을 학교에서 데려오는 길이었다. MTC는 미친 듯이 비명을 질렀다.

"대체 무슨 일이람? 우리 주차장을 벽으로 막아놨어! 은행 짓이야! 은행이 틀림없어! TC가 최근에 융자금 상환을 못 한 게지!"

TC가 사무실 겸 주차장의 문으로 머리를 내밀고 내다보더니 제안했다.

"402호 이웃 여자의 자리에 주차해. 닥터 체하고 살림 차리러 나갔으니까 그 자리는 이제 비었어."

TC는 이런저런 모든 걸 다 생각해 두었던 것이다. 주차 공간이 남편의 새 사무실이 되었다는 걸 알게 되자 MTC는 거의 기절할 뻔했다. 하지만 정말 기절했던 건 TC가 IBN을 그만뒀다고 말했을 때였다.

"대체 왜 그랬어, 왜?"

MTC가 안색이 변해서 물었.

TC가 말했다.

"개미 때문이야, 여보. 미안해."

MTC는 울었다. 아이들도 함께 울었다. MTC에게 전화로 자초지종을 들은 장모도 울었다. 이야기를 들은 처남댁도 훌쩍거렸다. 다른 전화기로 대화를 모두 들은 TC는 처남이 전화 저편에서 웃는 소리를 들었다.

다음으로, MTC는 닥터 체에게 전화했다.

"댁의 충격요법은 완전 실패했어요. TC는 댁이 처방한 통신 교육 과정인지 뭔지를 모두 마쳤을 뿐만 아니라 저 망할 개미인지 뭔지에 아직도 집착하고 있다고요!"

닥터 체는 잠시 침묵하더니 말했다.

"부인, 제 진료실에서 얘기하시지요. 부인 아이들의 그림을 분석해 보는 게 좋겠군요. 내일 아이들의 그림을 각각 두 장씩 갖고 오세요. 분석해 보면 흥미로운 결과에 놀라실 겁니다."

MTC는 화가 머리끝까지 났다.

"이봐요, 무슨 수작인지 다 알아요! 진료실에서 음탕한 눈으로 쳐다볼 때 다 알아봤어요. 내 말 잘 들어요. 우리 남편 치료하는 거하고 우리 이웃집 여자를 속이는 건 완전히 별개라고요!"

이로써 TC에게는 평화가 찾아왔다. 아이들은 재웠고,

MTC는 아직도 남편에게 말을 하지 않았다. 단단히 화가 나 있었다. 둘은 잠옷을 입고 말없이 잠자리에 누웠다. TC는 드디어 그의 놀라운 발견을, 마케팅 교재 시리즈의 마지막 문장에 담긴 비밀을 아내에게 들려줄 때가 되었다는 걸 알았다.

먼저, 협탁에 놓인 전등의 불을 켰다.

"뭐하는 거야?"

아내가 돌아보며 물었다. TC는 청혼 당시 반지를 내밀 때와 똑같은 불가사의한 표정을 하고 있었다. 그런 다음 손을 잠옷의 주머니에 넣어 반지와는 전혀 다르게 생긴 물건을 하나 꺼냈다. 작은 플라스틱 통이었다. MTC는 그게 무엇인지 금세 알아봤다. 소변 검사할 때 사용하는 용기였다.

"그게 뭐야?"

"일생일대의 기회. 우리를 백만장자로 만들어줄 상품이지. 다른 사람은 아무도 생각해 내지 못한 게 바로 이거야. 사람들은 나처럼 분책 277호를 끝까지 마칠 인내심이 없어서 마지막 구절을 읽지도 못했거든."

"오줌이?"

"아니, 내 말 잘 들어봐. T 말이야. 내가 이 통에 5분을 넣었거든. 마케팅에서는 필요를 충족시키는 모든 상품은 성공 가능성이 있다고 했어. 내가 마케팅의 반석이 되는 금과옥조를 발견한 거지. 이 문장을 읽었을 때, 그러니까 마케팅이란 필요를 충족시키는 일이란 걸 알았을 때 난 분명히 깨달았어. 멀리 볼 것도 없이 날 생각해 봐. 나는 40년이라는 내 T를 팔았어. 내가 통신 교육을 듣도록 이끈 건 T에 대한 필요였어. T를 가진 사람은 아무도 없지. 온 세상이 T를 갈망하지만 가질 수가 없어. 이 사회의 사람들은 모두 우리의 T를 제제에 팔아버렸고, 우리는 모두 T를 파는 사람이야. 우리 자신의 인생에 대한 통제권이 없어. 내 발명으로 사람들은 다시 한번 시간을 획득할 수 있게 될 거야. 5분이 들어 있는 통, 아직도 모르겠어? 우리는 백만장자라고! 멋지지 않아?"

MTC는 통을 들어 뚜껑을 열었다. 통은 비어 있었다. 도무지 이해할 수 없었다. 그녀는 신경증 발작을 일으킬 것만 같았지만 간신히 참고 말했다.

"TC, 5분을 이 소변 통에 집어넣겠다는 이 바보 같은 아이디어가 대체 무슨 소린지 당장 나한테 설명해 봐. 이 아이디어 때문에 직장을 그만뒀다고는 제발 말하지 말아줘. 내가 태어나서 들어본 중에 가장 멍청한 소리니까."

"여보 잘 들어봐. 이건 슈퍼마켓에서 파는 다른 상품과 다름없어. 누구나 이 한 통을 사서 열면 5분이라는 T를 소유하게 되고, 그걸 소비하고 그다음에 빈 용기는 버리는 거야. 금세기 최내의 빌명이라고 생각하지 않아?"

MTC는 여전히 아무것도 이해할 수 없었고 이제는 풀

이 죽었다.

"우리는 저축도 없어. 그건 생각 안 해? 내 월급 갖고는 고작 두어 달밖에 살지 못한다고. 눈 깜짝할 새에 길거리에 나앉게 된다고. 애들은 어쩔 거야? 우리 오빠한테 $를 더 빌려야 할걸. 아직 커튼 값도 못 갚았는데."

커튼을 생각하자 MTC는 다시 눈물이 앞을 가렸다. 맥이 빠졌다. TC가 위로했다.

"여보, 우리 일생에서 절호의 기회야. 이게 우리를 부자로 만들어줄 거라고. 당신, 내가 마케팅 공부를 어떻게 했는지 모르지? 자그마치 400개가 넘는 포스트잇에 메모를 하면서 여기까지 왔어. 거의 300권의 마케팅 분책 교재를 읽었어. 나, 당신이 생각하는 것보다 훨씬 더 준비된 남자라고."

MTC는 그들이 처한 상황이 안타까웠다. 남편이 자신을 극복하고 살아남기 위해 이런 일을 벌이고 있다는 걸 알기 때문이었다. 이기주의의 발로가 아니라, 생존을 위해 하는 일이었다. 하지만 MTC는 그의 결정이 가정 경제의 관점에서는 자살 행위라는 걸 깨닫게 해줘야 했다. 이런 연민 때문에 MTC는 한 걸음 물러섰다. 마음을 추스르고 남편을 바라본 다음 이렇게 말했다.

"1주일. 1주일 줄게. 그 후에도 성과가 없으면 난 애들 데리고 친정으로 돌아갈 거야. 당신 혼자 남겨두고."

말을 마친 MTC는 몸을 돌려 불을 껐다. TC에게는 그것으로 충분했다. 아내의 승낙과 성공적인 창업을 위해 1주일이라는 시간을 얻지 않았는가. 어렵지만 불가능하지는 않았다. 그리고 무언가 이렇게 말하는 듯했다. 그는 TC(보통 남자)이지만 할 수 있다고.

5분의 자유, 단돈 $1.99 입니다

아침 6시였지만 TC는 이미 일어나 있었다. 주말을 제외하면 5일밖에 없고, 할 일은 산더미였다. 사무실, 그러니까 주차장으로 내려갔다. 주차장에서 일을 하는 데는 한 가지 단점이 있었다. 전깃불이 문제였다. 주차장에는 전기 코드를 꽂을 데가 없어 전등은 장식용일 뿐이었다. 그래서 주차장 전체의 불빛을 이용해야 했는데, 다른 주차장들도 흔히 그렇듯 TC의 주차장은 전깃불이 자동으로 꺼지는 곳이었다. 이 점은 정말 너무나 불편했다. 불이 매번 꺼져 컴컴해지곤 해서 다시 가서 차단기 스위치를 올려야 했다.

　개인적으로 영향을 받을 일이 있을 때에만 어떤 단어의 어원을 발견하게 된다는 건 참으로 흥미로운 일이다. 이 장치로 자신의 일이 계속 중단되었기에 TC는 그제야 이게 왜 '자동 차단 스위치'라고 불리는지를 깨달았다.

그는 아침 내내 앞으로 주어진 5일 동안 해야 할 일들의 목록을 작성했다. 목록을 완성하고 나서는 아파트로 올라갔다. 그때 전화벨이 울렸다. DP였다! TC가 적두개미 때문에 회사를 그만뒀다고 설명하자 DP는 이렇게 고백했다.

"흥미롭군. 우리 둘한테 공통점이 이렇게 많은 줄은 몰랐네. 자네 결정을 전적으로 이해하네. 아니, 실은 그 이상이야. 자네를 존경하네. 나도 쇠똥구리를 관찰하고 싶어서 몇 년 전부터 퇴직하기만 기다리고 있다네. 쇠똥을 굴려 공을 만드는 기술이 아주 신기해 보여. 게다가 공을 굴리는 재주라니. 아니, 아니! 적두개미가 덜 흥미롭다는 말은 아닐세. 하지만 쇠똥구리들은….

둘은 곤충 관찰 결과를 서로 들려주면서 즐거운 시간을 보냈고, DP는 마지막으로 말했다.

"우리 둘 다 언젠가 꿈을 실현하길 바라네."

전화를 끊은 후, TC는 시내로 가려고 역으로 갔다. 열차가 달리는 동안 내내 문에 기대어 5분이 든 플라스크를 바라봤다. 통을 들어 햇빛에 비춰서 보았다. 마치 보석이라도 되는 듯이. 다이아몬드 원석이라도 되는 듯이. 열차 안에 있는 다른 승객들은 곧바로 역겨움을 드러냈다. 그 통 안에 든 T를 볼 수 있는 사람은 TC뿐이었다. 다른 사람들 눈에는 소변 통으로만 보였다. 빈 통이었지만 그 안에 들어가는 노란 액체를 상상하지 않을 수 없었다.

시내에 도착한 그는 특허청으로 갔다. 특허 출원 대기 줄에는 사람이 별로 없었다. 사람들이 생각할 수 있는 건 대부분 이미 발명되었기 때문이다. 몇 분 후, 그의 차례가 되었다.

"무엇을 등록하고 싶으신가요?"

담당 공무원이 물었다.

"이겁니다."

공무원은 TC의 손에서 소변 통을 받아 들고 그를 바라봤다. 그리고 통을 돌려준 다음에 이런 말을 던졌다.

"이건 특허를 낼 수 없습니다. 소변 검사 플라스크는 벌써 옛날부터 등록되어 있어요. 그래서 신청 불허입니다. 다음 분!"

"잠시만요! 선생님이 생각하시는 그런 게 아닙니다. 통은 중요한 게 아니고 그 안에 든 게 골자입니다."

TC는 공무원에게 가까이 오라는 손짓을 하더니 낮은 목소리로 속삭였다.

"이 통 안에는 5분이 들어 있습니다. 보세요. 안 보입니까?"

하지만 공무원은 전날 MTC와 같은 반응을 보였다.

"지금 5분의 T를 특허 내겠냐는 겁니까?!"

그는 냅다 소리를 질렀다.

"쉿! 제발 그렇게 큰 소리로 말하지 마세요. 이건 아직 기밀이니까요. 아닙니다. 5분의 T를 특허 내겠다는 게 아닙니다. 제 특허는 그 시간을 용기에 담는 데 있습니다. 제 출원 신청서를 읽어보세요."

그에게 신청서를 내밀었다. 신청서에는 '5분짜리 포장 용기'라고 분명히 적혀 있었다.

등록 담당자는 한숨을 쉬었다. 그러고는 컴퓨터 자판을 두들기더니 규정을 살펴보고 그에게 말했다.

"여보세요. 특허에 대해서 설명드리죠. 이전에 등록되지 않은 건 뭐든 특허를 낼 수는 있습니다. 규정을 찾아보니까 이렇게 바보 같은, 아니 이런 아이디어를 특허 낸 적은 없군요. 제가 신청서에 도장을 찍고 등록 신청 전송을 하기만 하면 끝입니다. 하지만 상업화하는 건 별개의 문제예요. 이건 마치 날아다니는 잠수함을 특허 출원하는 거나 마찬가지죠. 원하신다면 특허를 내드리지만 만일 그 잠수함이 날지 못하면 아무 소용이 없다고요. 이해하시겠어요?"

"전적으로 이해합니다."

TC는 매우 만족스러웠다.

"좋습니다. 그러면 이 양식을 갖고 상공회의소로 가서 판매 허가 신청원을 내세요. 미리 말씀드리지만 허가를 내주지 않을 겁니다. 저만 해도 몇 년 동안 별의별 특허를 다 다뤄

봤지만 이렇게 황당무계한 특허는 처음 봤으니까요."

TC는 그에게 고맙다고 인사를 했다. T를 상용화하는 특허는 이제 전적으로 TC에게 있었다. 이제 그는 상공회의소가 있는 도시의 반대편 끝으로 발걸음을 옮겼다. 막 닫으려는 찰나에 줄을 설 수 있었다.

그는 소변 용기를 손에 들고 줄을 섰다. 마침내 차례가 왔다.

"이 상품의 상용화 허가를 신청하러 왔습니다."

그리고 통을 보여줬다. 공무원은 그를 흘끗 보더니, 놀랍게도 이렇게 답했다.

"문제없습니다. 판매 가능합니다."

TC는 믿을 수가 없었다. 그를 이해하는 사람은 처음이었다.

"정말입니까?"

TC가 물었다.

"물론이죠!"

공무원이 외쳤다.

"소변 통이잖아요. 소변 검사를 위한 용기는 우리나라에서 승인되어 있고말고요. 소변 통을 팔 수는 있지만 경쟁이 심하다는 건 미리 경고해 두겠습니다."

"아니, 아니에요!"

TC가 정정했다.

"제 말씀을 잘 들어보세요. 이건 5분이 든 통입니다. 이 라벨에 보시듯이요. 아시겠어요? 5분이란 말씀입니다."

공무원은 멍하니 TC를 쳐다봤다.

"지금 5분이 든 통을 판매하시겠다는 말씀입니까?"

TC가 고개를 주억거렸다.

"바로 그겁니다. 무슨 문제가 있나요?"

하지만 공무원은 어떻게 답해야 할지 어리둥절했다.

"여보세요, 세상에 이런 비슷한 거라도 판매 허가 신청이 들어온 적은 한 번도 없었어요. 제 업무는 판매하려는 상품이 안전한지, 환경에 영향을 주지는 않는지, 적절한 품질 기준을 준수하는지, 내용물이 보건부의 기준을 충족하는지 등을 확인하는 겁니다. 하지만 5분이라고요? 이런 건 듣도 보도 못했습니다. 죄송하지만 제 상사에게 확인을 해봐야겠습니다."

견공 같은 얼굴을 한 상사라는 사람이 옆 사무실에서 나와 부하 직원의 설명을 주의 깊게 들었다. 하지만 1초도 되지 않아 이렇게 답했다.

"안 돼. 그런 건 팔 수가 없지. T는 파는 게 아니잖아. 이 신청은 기각이야."

TC는 방금 들은 말에 수긍할 수가 없었다. 세기의 발견을 특허까지 냈는데 이 정신 나간 녀석이 시판하지 못하게 하고 있었다. MTC가 아이들을 데리고 짐을 싸서 친정으로 들어가는 장면과 함께 TC의 처남이 배꼽을 쥐고 웃는 모습이 스쳐 지나갔다. 그러자 젖 먹던 힘을 다해 소리 지를 용기가 났다.

"제 말 잘 들으세요! 피임약도 팔고, 낙하산 비행 서비스도 팔고, 총각 파티도 돈 주고 살 수 있는데…."

이쯤 되자 TC는 정말 흥분했다.

"지금 자유 소비사회에 반하는 행동을 하고 있다는 걸 모르시겠습니까?! 누군가 자유 의지로 T를 사고 싶어 한다면 그렇게 할 권리가 있는 겁니다. 그건 그 사람의 $이니까요. 물건 값을 지불하고, 소비한 다음에, 통은 버리는 겁니다. 다른 상품과 마찬가지로요! T를 시판할 허가를 내주지 않는다면 상공회의소를 체제에 반하고 우리가 창조한 상품 교역에 토대를 둔 자유 사회를 거스르는 혐의로 고소하겠소! 지금 시장경제를 거스르는 테러 행위를 하고 계신 줄이나 아시오!"

TC는 제정신이 아니었다. 특히 이 마지막 말은 목청을 높여 소리를 질러대고 있었다. 겁이 난 상사는 부하 직원을 옆으로 불러서 말했다.

"이보게, 우리 소장님이 다음 시장 선거에 기호 마지막 번으로 출마하시는 거 알지? 다음 몇 주는 선거 운동 기간이기 때문에 문제가 생겨서는 안 된다고 신신당부하셨어. 이 머저리 같은 작자가 우리를 고소해서 신문에 나기라도 하면 소장님 정치 생명은 크게 위협받는다고. 그건 우리도 난처해진다는 뜻이라네. 이 작자는 시한폭탄이라고. 더 이상 볼 것도 없네. 승인해 주게. 그래 봐야 한 통도 못 팔 테니. 게다가 오늘 축구 경기가 있는데 지금 퇴근하지 않으면 경기를 못 보게 되잖나. 어쨌든 승인해 주되 뭔가 트집거리를 찾아서 보내게. 뭔가 지장을 줄 만한 걸 찾아봐. 우둔한 녀석 같으니까.”

상사는 몸을 돌려 자기 자리로 돌아갔다. 그러자 부하 직원은 창구로 돌아가 TC에게 말했다.

“알겠습니다. 그 용기를 시판하도록 승인해 드리겠습니다. 하지만…, 음, 아, 그래요. 소비자에게 각 통에 5분의 T가 들어 있다는 걸 확실히 보장해야 합니다. 안 그러면 사기가 되니까요. 그러면 공기를 팔게 되는 거잖아요? 그러니까 시계 앞에서 5분 동안 열어두지 않은 통은 판매하실 수 없습니다. 그렇게 한 경우에만 그 통에 T가 들어 있고 판매 품질 기준에 부합하는 겁니다. 확실히 아시겠습니까?”

“물론이죠.”

TC가 대답했다.

“그럼 제가 빈 통이라도 팔 줄 아셨나요?”

상사는 신청서의 인지에 인장을 찍어줬다. TC는 이제

어떤 나라의 국민들에게 T를 판매하도록 허가를 받은 거였디.

　　다음 날은 주차장에서 T의 판매를 가능하게 할 나머지 세세한 사항을 마지막으로 정리하면서 보냈다. 분명한 건 소변 검사용 플라스크가 실은 다소 애매하다는 점이었다.

　　이 점은 벌써 극명하게 드러났다. 어제 공무원들과의 대화에서 드러났듯이 슈퍼마켓 진열대에서 소변 용기를 발견하는 소비자들이 같은 반응을 보이지 말라는 법이 없지 않은가? 그 속에 T가 들어있는 줄 아무도 이해하지 못할 테고 그러면 판매에 지장이 생긴다. 설령 용기에 T가 들어 있는 줄 소비자들이 안다고 가정해도 사람들은 자기가 산 5분이 소변보러 갈 때만 쓰는 줄로 알 수도 있다. 그건 아닌데. 소비자가 원하는 어떤 용도에도 쓸 수 있는 5분이 아닌가. 용기의 내용물을 분명히 해둘 필요가 있었다.

　　일반적으로 상품에는 제조자의 상표가 있고 그 상표가 품질 보증이나 마찬가지다. 예를 들어, '리바이스'의 '501' 청바지나 '조르지오 아르마니'의 '아쿠아 디 지오 Acqua di Giò'가 있다. TC의 경우에도 명백했다. 상품은 5분이었고 회사는 자유주식회사였다. 그러니 TC는 자연히 상품에 '5분'의 '자유'라는 이름을 붙였다.

　　이제 상표도 있으니 로고가 필요했다. 스스로 로고를 디자인하고 싶은 충동이 들었지만 분책 교재에서 디자인은 제3자에게 의뢰하라고 권장했던 게 기억났다. 그래서 집으로 올라가 TC-1에게 로고를 그리라고 요청했다. 아무도 이보다 더 잘할 수는 없었다.

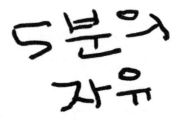

그런 다음 주차장으로 돌아갔다. 또 한 가지 중요한 결정이 남아 있었다. 5분이라는 T에 얼마를 받을 것인가?

이건 단순히 상업적인 질문이 아니었다. 거의 철학적인 질문이었으며, 그로 인해 해결 불가능한 문제였다. 한 사람의 5분, 그 값어치는 얼마나 될까? 그는 소비자가 상품을 구매하는 광경을 눈앞에 그려봤다. 어떤 사람이 슈퍼마켓에서 시판 중인 5분짜리 플라스크를 보고 구매한다. 같은 날, 소비자는 직장에서 할 일을 멈춘 채 구매한 5분을 소비한다. 상사는 화가 치밀겠지만 용인할 수밖에 없다. T의 소비는 어제 TC가 신청해 국가에서 승인한 게 아닌가. 법적인 관점에서 T의 소비는 근로시간이라든지 특정 용역의 제공 등 모든 형태의 계약관계에서 충돌할 테다.

하지만 어떤 나라라는 곳에서 이런 충돌은 새로운 일도 아니었다. 고속도로 제한속도가 120킬로미터인데 시간당 200킬로미터로 주행할 수 있는 자동차도 생산되며, 국제 환경 기준에 부합하지 않는 수치의 오염 물질을 배출하는 산업 활동도 허용되지 않는가. 치명적인 질병을 유발하는 줄 알면서 담배가 생산되는 것도 마찬가지 이치다. 그러니까 결과에 너무 치중하지 않은 채 일단 무슨 수를 쓰든 판매부터 하고 보자는 식이다. T의 판매는 물론 특정 활동과 충돌하겠지만 소비를 창출한다는 측면에서는 어떤 활동보다 우선할 테다. 소비야말로 이 나라에서 가장 중요한 경제 활동이며 성장의 원동력이기 때문이다.

TC는 5분의 가격에 대한 생각으로 되돌아갔다. 사람들이 5분 동안 노동하는 대가로 받는 것과 같은 금액을 5분의 T에도 지불하는 게 이상적이었다. 왜 그럴까? 이게 어떤 의미에서는 소비자의 기회비용이기 때문이다. 그런데 문제는 각 개인의 급여가 천차만별이라는 점이다. 청소부는 사무직 근로자보다 덜 벌고, 사무 직종은 금융 직종의 간부보다 덜 벌며, 금융 간부는 의사보다 덜 벌며, 의사는 시설물 설치업자보다 덜 벌고, 설치업자는 여러 직종 중에서 제일 많이 버는 건설업자보다 덜 번다.

하지만 소비자의 직종에 따라 각 플라스크의 가격이 다를 수는 없는 노릇이다. 그건 말도 안 되는 상상이다. 개인의 5분은 한 인생의 5분이며, 사람들의 인생은 성별이나 인종, 종교, 사회 계층을 막론하고 모두 동일한 가치를 지니기 때문이다.

그러면 어떻게 해야 할까? 위험을 감수하는 수밖에 없다. 성공한다면 임금 수준이 다양한 사람들이 모두 T를 구매할 터였다. 많이 버는 사람이나 적게 버는 사람 모두. 하지만 인생에서 모든 게 그렇듯이 가격도 결국은 평균으로 수렴할 테다. 전체 임금의 평균으로.

그러므로 어떤 나라에서 국민 한 사람의 노동시간 5분에 대해 얼마를 지급하는지 그 평균값을 계산하는 게 제일 좋았다. 그건 쉬웠다. TC가 일하던 당시에 자신이 5분에 얼마를 받았는지를 계산하면 되었다. 왜냐고? TC는 평균 임금을 받는 평균적인 시민이었기 때문이다. TC가 급여 인상을 요청할 때마다 DP는 그에게 임금 인상을 요구할 권리가 없다고 말하곤 했다.

"고집부리지 말게. 회계사라는 직업은 전문직 급여 중에서도 평균 임금이야. 우리 업종은 산업 부문 중에서도 임금 수준이 평균이지. 또 우리 회사는 우리 업종의 평균 임금을 지급하고 있고. 그러니까 자네는 평균의 평균의 평균인 셈이야. TC, 자네가 평균 이상이 아니라는 말이 아니라 자네한데만 급여를 평균 이상 줄 수 없다는 말이야."

그래서 TC는 IBN에서 일했을 때 받았던 5분에 해당하는 급여를 계산해 보았다. 계산 결과 그는 깜짝 놀라서 몸이 굳어버렸다. 결과가 이럴 줄 조금만 더 일찍 알았더라면 직장을 그토록 그만두고 싶지는 않았을 텐데. IBN이라는 회사에서 TC의 5분은 17센트의 가치가 있었다.

이 액수에 부가가치세와 마진을 붙였더니 약 40센트라는 가격이 나왔다. 이 가격을 두고 곰곰이 생각해 보았다. 그리고 씹는 껌 다섯 개들이 한 팩의 가격이 80센트인 점을 감안하면 5분짜리 플라스크에는 그보다 훨씬 더 높은 금액을 주어야 한다고 생각했다. 가격을 40센트에서 1.99$까지 올렸다. 가격을 곰곰이 생각해 보고, 그 가격에 도달한 과정을 되짚어 보니 속임수를 쓴 기분이 들었다. 가격 책정 방법이 프로답지 못했기 때문이었다. TC는 회사들 대부분이 같은 방식으로 가격을 산정한다는 걸 알지 못했다.

TC는 녹초가 되었고, 담배나 한 대 태우러 밖으로 나가기로 했다. 물론 그는 담배를 피우지도, 담배를 갖고 있지도 않았지만 흡연자들이 바깥에 바람을 쐬러 나가 담배 한 개비에 불을 붙일 때 말하듯이 담배나 한 대 피우러 나가기로 했다….

바깥에 나가자, 상공회의소의 빌어먹을 공무원이 했던 말이 생각났다. 용기에 5분이 들어 있다는 걸 보장하기 위해 각 용기 옆에 시계를 5분 동안 놓아둬야 한다는 말이었다. TC에게는 자명종이 하나뿐이었다. 시계 하나만으로는 하루에 용기를 200개밖에 채울 수 없을 터였고, 그 정도로는 평생 백만장자가 될 수 없었다. 자명종을 여러 개 놓고 동시에 용기를 채우는 수밖에 없었다.

아지트로 돌아온 TC는 다음 날 할 일의 목록에 '소변 용기와 함께 자명종 수십 개 구입'이라고 썼다.

시간이 늦었다. 그는 집으로 올라가 저녁을 먹었다. 다시 내려오려고 준비하는데, MTC가 밤늦게 들어올 때 잠을 깨우지 않도록 잠옷을 미리 입고 가라고 말했다. 실은 다소 망신스러운 일이었다. 이날 밤도, 그날 이후로도 밤늦게 영화관 등에서 돌아오는 이웃들이 칸막이 안에서 파자마를 입고 일하는 그를 보고 "잔업하세요?" 하고 묻지 않는 밤이 없었기 때문이다.

그는 나이트가운 차림으로 나머지 새벽 시간 내내 자명종과 소변 용기가 몇 개나 필요한지 끝도 없이 계산을 했다. 그다음에는 광고 문구를 생각하느라 몇 시간을 보냈다. 여러 문구를 죽 나열해 놓고 마음에 들지 않는 문구를 하나하나 지워나갔다.

"이 T는 끝내줍니다."

"양질의 T."

"낭비할 T가 없습니다."

"값싸고 자유로운 T."

"우리를 살게 하는 T."

"죽은 T."

"팝니다. 5분에 $1.99."

피곤했다. 몸이 여기저기 결렸다. 차고의 스위치를 올리느라 벌써 200번은 앉았다 일어섰다. 이제 그만하기로 했다. 벌써 새벽 5시 15분 전이었다. 다음 날 더 생각해 보기로 했다. 적어둔 물건들을 사려면 아침 7시에 일어나야 했다. 주차장 불은 저절로 꺼지므로 끄지 않고 자기 아파트가 있는 층까지 승강기를 탔다.

그는 살금살금 집에 들어가 침실로 향했다. 이미 잠옷을 입고 있다는 걸 잊고 저도 모르게 옷을 벗었다가, 잠옷을 입은 줄 깨닫고는 다시 옷을 입었다. 자리에 들자 MTC가 돌아누우며 졸린 목소리로 물었다.

"몇 개라도 팔았어?"

"아니, 아직."

"서둘러. T가 얼마 안 남았어."

TC는 깜짝 놀라 벌떡 일어나 앉았다. 그리고 외마디 소리로 아내를 깨웠다.

"바로 그거야! 당신이 아주 멋진 문구를 찾아줬어! '서두르세요. T가 얼마 안 남았습니다.'"

TC는 잠들었다. 하지만 MTC는 새벽 내내 잠을 이루지 못했다. 남편이 점점 더 심각해지는 게 분명했다.

시간이
열마
안
남았
습니다

C4

다음 날 아침, TC는 두 시간밖에 잠을 못 잤는데도 사기가 충천해서 하루를 시작했다. MTC와 아이들은 각각 직장과 학교에 데려다줬다. 이날은 차가 필요했기 때문이다. TC는 규모가 제법 되는 시계점을 찾을 때까지 시내를 돌고 또 돌았다. 그렇게 자명종을 20개 사서 트렁크에 넣었다. 더 적은 수로도 충분했겠지만 생산 공정에서 불량이 발생할 수도 있었다. 원래 포장 라인은 가끔 고장이 나기로 유명하니 그의 경우라고 예외일 이유는 없었다.

뒤이어, 어제 전화번호부에서 찾아둔 용기 제조 공장 '플라스크&플라스크'로 직행했다.

"그런데 플라스크 200개가 뭐에 필요하다고 하셨죠?"

고객 상담용 회의실에서 엔지니어가 그에게 물었다.

"용기에 담을 용량을 정확하게 알아야 적당한 모델을

선태할 수 있기 때문에 여쭙는 거랍니다."

그가 설명했다.

"아, 좋은 질문이군요. 실은 저도 필요한 크기를 모릅니다."

TC가 대답했다.

"예?"

"그게 실은 5분의 T를 담으려는 거랍니다."

엔지니어는 어리둥절한 표정을 했다.

"이런 경우는 처음이군요. 고객님의 주문은 기술적으로 상당히 까다롭습니다. 저희 회사 각 기술 부서의 수석 엔지니어들에게 알려야겠습니다."

시간이 많이 흘러 TC는 점점 초조해졌다. 그는 엔지니어에게 그러지 말라고 말하려 했다.

"그건 그다지 중요하지 않습니다. 그냥 5분이 들어갈 용기면 됩니….

하지만 엔지니어는 기분이 상해서 그의 말을 가로챘다.

"그다지 중요하지 않다니요? 지금 무슨 말씀을 하고 계신 건지 아세요? 저희 회사에서는 항상 정확한 치수를 제공해 왔습니다. '1밀리리터도 넘치거나 모자라지 않습니다.' 이게 저희 모토입니다."

TC는 더 이상 어찌할 수가 없었고 엔지니어는 사라졌

다가 흰 가운을 입은 남자 네 명과 함께 돌아왔다. 이들 가슴에도 이 회사의 기술 부문 엔지니어라고 적혀 있었다. 문제는 더 복잡해져 이제 한 명이 아니라 다섯 명과 논쟁해야 했다.

"이 고객님은 5분의 T를 담는 데 이상적인 용기가 필요하시답니다. 여러분, 어떻게 이걸 계산해야 할지 지혜를 모아 주시기 바랍니다."

엔지니어들은 잠시 생각한 다음 각자 가운 주머니에서 메모지를 꺼내 여러 공식을 써서 계산을 하기 시작했다. TC는 지금 벌어지고 있는 일을 믿을 수가 없었다. 아주 간단한 일이건만 엔지니어들은 왜 이리 복잡하게 만드는 걸까? 길고 긴 15분이 지나고, 흰머리가 가장 많은 엔지니어가 말했다.

"계산이 됐습니다. 1분의 T는 60초입니다. 시간당 평균 14킬로미터의 속도로 부는 바람 1초는 공기 0.5세제곱센티미터에 해당합니다. 그러니까 제 계산으로는 이 고객님은 어떤 용기가 필요하신가 하면, 잠시만요, 맞습니다. 90세제곱센티미터의 용기입니다."

"그게 무슨 말씀입니까?"

품질관리부장이 화가 나 흰머리 엔지니어를 나무랐다.

"지금 그 계산은 경악스러울 만큼 단순한 계산입니다. 문제는 훨씬 복잡합니다. T는 공간에 상대적인 차원이란 말입니다. 알베르트 아인슈타인이 상대성 이론을 내놓았을 때부터 공간은 T에서 분리해서 생각할 수 없다는 게 명백해졌지 않습니까? 그러니까 이분이 필요한 용기를 고르는 데 근본적인 문제는 T를 어떤 속도로 담을 것인가 하는 겁니다."

모두 몸을 돌려 이에 대한 답을 기대하며 TC를 쳐다봤다. TC는 뭐라고 말해야 할지 몰랐다. 결국 이렇게 답했다.

"그러니까 그게···. 어떤 속도냐면···, T의 속도죠, 뭐!"

엔지니어들은 그 말에 망연자실하게 서 있었다. 제일 젊은 엔지니어가 말했다.

"그러면 해결 불능인 문제군요. 이건 하나의 기준 체계 안에 있는 다른 기준 체계의 문제입니다. $E=mc^2$이라는 공식을 감안하면 포장 공정의 압력을 견딜 수 있을 만큼 내구성이 아주 강한 소재를 쓸 때만 용기에 보관될 에너지를 담을 수 있습니다. 이렇게 되면 추가적인 문제가 발생합니다. 5분이 공간을 얼마나 차지할지 알기 전까지는 용기의 소재를 결정할 수가 없습니다. 이건 마치 제 꼬리를 무는 물고기와 같아요. 해결책이 없습니다!"

논의는 점점 더 열기를 띠었고 회의실의 온도까지 올라갔다. 그때까지 침묵을 지키고 있던 다른 엔지니어가 갑자기 열변을 토했다.

"그러니까 우리는 지금 작업장 안전의 문제를 다루고 있는 겁니다. 이 고객님이 T를 담는 속도, 그리고 포장 공장의 감속 속도에 따라서 핵발전소에서 원자핵 감속 시에 나타나는 질량의 증가가 일어날 수 있습니다. 이 고객님의 생산 공장에는 절대 우라늄이 있어서는 안 됩니다. 대형 폭발이 일어날 수 있으니까요. 이 점을 생각해 보셨나요, 선생님…?"

하지만 TC는 이미 그 자리를 떠나고 없었다. 엔지니어들이 눈치채지 못하는 새 회의실을 빠져나와 단순한 소변 용기를 사러 약국으로 운전하고 있었다. 그편이 더 빠를 듯했다. 하지만 한 약국에서 필요한 수량을 모두 구입할 수 없어서 시내의 거의 모든 약국을 뒤져서야 간신히 1500개를 살수 있었다.

나머지 할 일도 모두 끝냈다. 흰 현수막과 큰 상점에서 접착식 라벨을 인쇄하는 데 쓰는 레이저 프린터도 구했다.

TC는 녹초가 되어서 새장 같은 사무실로 돌아왔지만 쉬지 않고 계속 일할 수 있는 힘이 넘쳤다. 먼저 다음과 같이 적힌 접착 라벨 1500개를 인쇄했다.

"이 용기에는 소비자가 사용하고 누릴 수 있는 5분의 시간이 들어 있습니다. 플라스크를 열기만 하면 5분은 소비자의 것입니다. 즐거운 시간을 누리세요!"

이렇게 쓰니 모든 게 분명해졌다.

다음으로, TC는 플라스크 1500개를 채우기 시작했다.

먼저 자명종 20개를 열 개씩 두 줄로 서로 반대 방향을 부도록 해서 바닥에 늘어놓았다. 줄의 맨 앞에는 빈 용기가 담긴 상자를 놓고, 자명종을 늘어놓은 줄의 끝에 상자를 하나 더 놓아 T를 충전하고 포장이 끝난 용기를 놓기로 했다.

첫 번째 시계 앞에 앉아 소변 용기 하나를 빼서 뚜껑을 열었다. 자명종을 집어 들고 5분 후에 울리도록 맞췄다. 두 번째 용기와 두 번째 자명종으로도 똑같이 했고, 그다음에는 세 번째, 네 번째 식으로 같은 과정을 반복했다. 스무 번째 자명종에 도달했을 때 주차장 불이 꺼졌다. 그는 뛰어가서 다시 불을 켰다.

자명종 열 개와 각각 그 앞에 용기 하나가 놓인 두 줄이 보였다. 바로 TC의 생산 라인이었다! 얼마나 감격스러운 순간인가! 그는 벌써 T를 포장하고 있었던 것이다! 스위치를 올리고 다시 돌아오는 길에 첫 번째 자명종이 울렸다. 몇 초가 지나자 옆의 자명종이 울렸고, 연속해서 일제히 울려대는 자명종 소리에 그는 돌아버릴 것 같았다.

TC는 첫 번째 자명종으로 달려가 앞에 놓인 용기를 집어 들고 뚜껑을 닫은 다음 로고와 사용법이 적힌 접착 라벨을 붙인 후 상자에 넣었다.

TC는 절망했다. 자명종들은 그가 미처 끄기 전에 너무 오랫동안 울려댔다. 그 시간에 이웃들이 시끄럽다고 할까 봐 걱정되는 건 아니었지만 용기가 넘치는 게 문제였다. 첫 용기 100개에는 아마 6~7분 정도 들어갔을 게 틀림없었다. 세상에! 계속 그대로 갔다간 수지가 안 맞을 터였다! 그는 광고에 나오듯이 50퍼센트가 공짜로 더 들어 있는 용기를 생산하고 있었다.

용기를 채우는 일에도 이제 이력이 붙었다. 용기를 열고, 자명종을 맞추고, 다른 자명종 하나를 끄고, 용기를 닫고, 라벨을 붙이고, 달려가 주차장 불을 켜고, 완제품 상자에 완성품을 넣고, 다른 용기를 열고, 다른 자명종을 맞추고, 이런 과정을 몇 시간 동안 반복해 용기 1500개를 채웠다.

TC는 자랑스러웠다. 첫 생산은 성공이었다. 어떤 용기에는 T가 너무 많이 들어가고, 잘 닫히지 않은 용기도 있긴 했다. 어둠 속에서 '생산 라인' 사이를 왔다 갔다 하면서 용기 몇 개가 넘어졌을 때 그 안에 든 수십 분이 바닥에 흘러버린 건 TC만이 알았다. 그러면 그 용기들은 다시 채웠다. 빈 용기는 없다고 확신할 수 있었다. 고객에게는 늘 좋은 품질을 보장해야 하니까!

시간이 많이 늦었다. TC는 포장된 T를 어디에 보관할지 생각해야 했다. 그냥 주차장에 두었다가는 어떤 양심 불랑인 녀석이 훔쳐갈 수도 있었다. 그토록 많은 시간이 공짜로 주어진다면 과연 무슨 일이 일어날지 생각해 보라!

TC의 집에는 다락방이 없었으므로, 그는 닥터 체와 살림을 차리고 없는 402호 여자 집의 다락방 문을 강제로 열었다. 그는 수위실 앞에 있던 큰 상자에 상품을 모두 넣은 다음, T로 가득 찬 플라스크 1500개를 다락방에 넣었다.

TC는 너무 피곤했고 샤워를 하고 싶었다. 지난 48시간 동안 두 시간밖에 못 잤다. 다음 날은 힘든 일정이 기다리고 있었다. 이제 판매를 시작해야 했다. 아내가 $를 가져오기 시작해야 한다고 지정해 준 기간이 끝나가고 있었다. 실은 이틀밖에 남지 않았다.

다시
일자리를
구해야
할까?

TC는 잠에서 깼을 때 아주 피곤했지만 쉴 T가 없었다. 다음과 같이 쓴 단 한 장으로 된 가격표 카탈로그를 가방에 넣었다.

자유주식회사

참조번호: 00000000000000000000000000000000000000001

5분짜리 플라스크: $1.49

유통업체 마진: $0.50

소비자가격: $1.99

TC는 플라스크 1500개를 자동차 트렁크에 넣었다. 폭발하지 않게 매우 조심스럽게 넣었다. 플라스크&플라스크 엔지니어들의 이론에 따라 용기에 폭발 가능성이 있다는 걸 알게 되자 조심을 할 수밖에 없었다. 그런 다음 시내로 향했다. 첫 번째 방문한 곳은 어떤 카페였다.

TC는 자신이 있었고, 스스로 '세기의 발명'이라고 부르는 이 상품을 소개하기만 하면 주문이 폭주하리라는 상상만 했다. 15분을 기다려서야 점주를 만날 수 있었다. 심호흡을 한 다음 회계사로서 할 수 있는 한 최고의 상업적인 매력을 발휘해서 말했다.

"사장님께서는 운이 아주 좋으십니다. 제 신상품 중에서도 첫 작품을 구매 제안하러 왔습니다. 이 가게가 바로 이 엄청난 제품을 판매하는 첫 업소가 될 겁니다."

TC는 얼굴 가득 입이 양쪽 귀에 걸리는 미소를 띠며 자랑스럽게 5분을 넘치도록 채운 플라스크를 보여줬다. 카페 주인은 그를 잠시 쳐다봤다. 그런 다음 냉담하게 말했다.

"죄송합니다. 저희는 오줌을 팔지 않습니다."

TC는 다리가 다 떨렸다. 그는 다급하게 말했다.

"아뇨, 아니에요. 사장님의 오줌을 원하는 게 아닙니다. 아니, 손님들 오줌을 원하는 게 아니라고요. 이 용기는 약국에서 파는 거지만 중요한 건 원래 용도가 아니라 지금 이 안에 들어 있는 겁니다. 이 안에는 5분의 T가 들어 있답니다!"

TC는 부정적인 첫 반응의 충격을 극복하고 다시 처음처럼 기운을 내서 말했다.

"뭐라고요?"

카페 주인은 못 믿겠다는 듯이 물었다.

"예, 들으신 대로가 맞습니다. 이 상품은 특허도 받았고 5분을 판매히도록 허가도 취득했습니다. 이걸 사시는 분은 5분의 T를 갖게 되는 겁니다! 소비자가격으로 $1.99를 받으시고 저는 $1.49에 사장님께 제품을 파는 거지요. 5분을 파실 때마다 $0.50가 떨어지니 상당히 괜찮지요?"

카페 주인은 잠시 생각에 잠기더니 몇 초 후에 이렇게 말했다.

"선생님, 우리의 관심사는 손님들이 테이블에 자리를 잡고 앉아서 커피나 다른 걸 시킨 다음 가급적 빨리 일어나 새 손님에게 자리를 내주는 겁니다. 제 카페에서 5분짜리 플라스크를 팔게 되면 손님들은 더 많은 T를 테이블에서 보낼 거고, 더 늦게 직장으로 돌아갈 겁니다. 그러면 커피도 덜 팔게 되고, 결국 사업에 손해가 되지요. 제품이 매우 새로운 건 인정하겠지만 카페나 술집, 음식점에서 T를 파는 건 문제가 될 겁니다. 커피고 다른 메뉴고 모두 덜 팔게 될 테니까요. 이런 게 바로 우리를 먹여 살리는 건데요. 대단히 죄송합니다."

TC는 아주 낙심한 채 카페에서 나왔다. 열화와 같은 호응을 기대했건만 그를 기다리고 있던 건 냉담한 반응이었다. 하지만 극복했다. 그저 요식업 쪽은 잠재 고객 명단에서 제외하면 되는 일인지도 몰랐다. 카페는 잊어버리고 뭐든 다 파는 큰 매장으로 가는 게 상책이었다. 그런 곳이라면 안 된다고 말할 수 없을 터였다.

까다로워 보이는 남자가 그를 맞았다. 그는 제품을 살펴보고 가격을 확인한 다음 용기를 열어보라고 말했다. TC는 용기 하나를 낭비하는 게 마음에 들지 않았다. 물론 주문을 받으려면 제품 몇 개를 샘플로 기증해야 한다는 것쯤은 알고 있었다. 상대편 남자는 용기를 열고 플라스크 안쪽을 확인했다.

"용기는 아주 훌륭하고 제품에 불량은 없는 것 같군요."

TC는 만족스럽게 웃었다.

"하지만,"

그는 말을 이었다.

"저희 매장의 모토를 이해하셔야 합니다. '만족하지 못하시면 돈을 돌려드립니다'가 그거지요. 그러니까 모든 제품의 반납을 받아들인다는 거예요. 그러니까 이런 슬로건 때문에 우리는 고객이 반납할 수 있고 $를 환불해 줄 수 있는 제품만 팔 수 있습니다. 선생님이 갖고 오신 상품은 이 조건에 부합하지 못하는군요. 5분짜리 플라스크를 필있는데 T 품질에 만족하지 않는 고객이 있다면 저희가 어떻게 문제를 해결할 수 있겠습니까? 잃어버린 T를 회복할 수는 없지 않습니까? 선생님이 다른 용기를 가져오신다 해도 이미 소비한 5분과 같은 시간은 아니지요. 소비된 T는 회복이 불가능하고, 저희는 반납 불가능한 상품은 허용할 수가 없습니다. 저희 회사의 정책과 가치관에 어긋나니까요. 죄송합니다."

매장을 나왔을 때 TC는 아까보다 더 걱정이 되었다. 5분짜리 플라스크에 관심을 전혀 보이지 않는 곳이 벌써 두 번째다. 어떻게 그럴 수가 있지? 이게 어떤 제품인지 감이 안 오나? TC는 잠재 고객 목록에서 대형 마트도 지웠다. 오전 내내 두 곳을 방문하는 데 시간을 허비했는데 아무 소득도 없었다. TC는 낙심하고 풀이 죽었다. 고객의 폭이 점점 줄어들기 시작했고 $를 벌어들여야 할 T가 끝나가고 있었다.

아침부터 아무것도 먹지 못했지만 식욕도 없었다. 불안해지기 시작했고 적두개미의 모습이 머리에서 지워지기 시작했다. 오후가 시작되자 반조리 식품을 파는 점포로 갔다. 점주에게 5분짜리 플라스크를 내밀었다. 하지만 주인은 이렇게 답했다.

"선생님, 반조리 식품을 파는 저희 가게 같은 곳에서는 그 제품을 판매할 수 없을 겁니다. 사람들은 요리할 T가 없어서 가져가서 바로 먹을 수 있는 반조리 식품을 사는 게 아닙니까? 사람들한테 직접 요리할 T가 생긴다면 그건 우리 같은 업소에 엄청난 타격이 되겠지요. 상상이 가십니까? 끔찍한 일이지요! 끝장이란 말입니다. 한 달도 못 돼서 판매 실적이 뚝 떨어질 겁니다. 죄송합니다. T를 파는 건 저희의 이해와 상충합니다."

TC는 벌써 세 번째인 부정적 반응이 이제 별로 놀랍지도 않았다. 조리 식품 유통업체와 포장업체도 목록에서 지웠다. 뭘 더 할 수 있을까? 그때, 문제는 어쩌면 소매업체에 기대려고 했던 데 있는 게 아닌가 하는 생각이 들었다. 소매업자의 이해관계에 얽매이지 않으려면 소비자를 대상으로 직접 판매를 해야 하는지도 몰랐다.

그러려면 거리에서, 사람이 많이 모이는 곳에서 물건을 팔아야 했다. 그러면 소비자는 직접 T가 든 용기를 경험해 볼 수 있을 터였다. 도시공사에 여러 번 전화를 해서 대중교통과의 자동판매기 담당자와 통화할 수 있었다. 그날 오후에 면담을 할 수가 있었지만 잠재 고객이었던 담당자는 아주 자연스럽게 이렇게 말했다.

"선생님, 사람들이 지하철을 타는 이유는 빠르기 때문입니다. 이동할 T가 없기 때문이지요. 5분짜리 플라스크를 판매한다면 사람들은 T가 생겨서 지하철을 탈 필요가 없게 되겠지요. 저희 역사에서는 T를 팔 수기 없습니다. 승객을 잃게 될 테니까요. 이해하시리라 믿습니다…."

TC는 T의 판매가 체제에 위험을 야기하며 어떤 상품에도 위협이 되고 어떤 비즈니스에도 잠재적인 문제가 될 수 있다는 점을 깨달았다. T가 없다는 거야말로 사람들의 수많은 필요와 스트레스의 원인이었다. T의 판매는 소비사회에 위협이 되었다.

비탄에 젖은 TC는 나머지 오후 시간 동안 다양한 형태의 점포를 방문했지만 이들은 하나같이 5분짜리 플라스크를 거부했다.

더 이상 할 수 있는 일이 떠오르지 않았다. 벌써 MTC가 준 1주일 중 끝에서 두 번째 날 오후 6시였는데 수입이라고는 전혀 없었다. 슬프고 기운이 없었다. 자신의 노력이 수포로 돌아갔다는 깨달음이 왔다. 다시 직장을 찾아봐야 할 상황이었다. 다른 IBN을 찾아서 전처럼 '사는 게 아닌 삶'으로 돌아갈 터였다.

자동차로 돌아갔다. 이제 마지막으로 남은 곳은 하나뿐이었다. 영혼의 친구 DVD가 마지막 희망이었다. 물론 그에게 T를 담은 용기를 사달라고 강요할 수는 없지만 가게에 진열해 달라고는 부탁할 수 있었다. TC는 벗의 가게로 차를 몰았다. 한동안 TC에게서 소식을 듣지 못했던 DVD는 그를 보고 반가워했다. TC는 요 며칠 동안 있었던 일을 모조리 설명하고 5분짜리 플라스크를 보여줬다. DVD는 기대에 차서 말했다.

"아주 좋은 생각이야! 우리 가게의 손님들은 늘 T가 없다고 불평을 하거든. 그 용기를 다 줘보게. 여기 진열해 놓고 가게 차양 밑에 자네의 광고 현수막도 걸어놓겠네. 실망하지 말게! 몇 개라도 팔 수 있을 거야."

하지만 TC는 이제 자기의 제품에 전혀 신뢰가 가지 않았다. 어쨌든 5분짜리 플라스크 1500개를 가져와 DVD 가게 입구에 있는 식료품 코너 앞에 피라미드 형태로 쌓았다. 두 개의 피라미드 사이에는 아내가 생각해 낸 광고 문구 '서두르세요. T가 얼마 안 남았습니다'가 쓰인 현수막을 걸었다. 광고 문구를 다시 한번 읽어본 TC는 자신의 T는 정말 끝났다는 걸 깨달았다. 얼마나 역설적인가! 그는 울고 싶었지만 손수건이 없어 참았다.

집으로 갔다. MTC와 이야기하고 싶지 않았다. 설교를 듣고 싶지 않았기 때문이다. 다음 날이면 다시 일자리를 찾아봐야 했다. 그래서 저녁 8시밖에 안 되었는데 잠자리에 들었다. 장모가 아이들을 집에 데리고 오기도 전이었다. 그는 평생 연구해 볼 기회가 없게 된 적두개미를 생각하며 아쉬움을 이기지 못한 채 잠들었다.

집에 늘어와 남편이 이미 삼들어 있는 걸 보사, MTC는 역시 일이 예상대로 진행된 줄 알 수 있었다. 바보 같은 자기 남편이 아니면 누가 T를 파는 따위를 상상이나 할 수 있었겠는가? 남편을 바보라고 생각하긴 했지만 사랑했기에 그를 깨우지는 않았다. 너무 피곤한 게 틀림없었다. 아주 곤히 자고 있었다. 남편이 안쓰러웠다. MTC는 남편의 뺨에 키스를 하고 아이들을 재운 다음 TC를 위해 신문의 채용 공고를 보면서 혼자 저녁을 먹었다. 시끄럽지 않도록 TV도 켜지 않았다. 어쩌면 그래서 이날 저녁 뉴스Noticia를 보지 못했는지도 모르겠다. 줄여서 N이라고 하자. 뉴스 진행자는 막 저녁 N을 끝내려는 참이었다.

"기상 정보와 스포츠 뉴스에 이어 오늘의 화제는…. 시내에 나가 있는 기자를 연결해 보겠습니다."

활기찬 목소리의 기자가 벽 옆에 빈 플라스틱 통을 쌓아 만든 피라미드 옆에서 마이크를 들고 서 있었다.

"한 상점에서 매우 흥미로운 상품을 판매하고 있습니다."

기자는 손에 소변 용기를 들고 있었고 카메라가 그 장면을 가까이 클로즈업했다.

"이 상품이란 편리하게 포장된 5분의 T입니다. 누구나 $1.99의 가격에 살 수 있는 상품입니다. 이 용기를 사면 누구에게나 5분을 자기 자신을 위해 쓸 권리가 생깁니다. 예, 들으신 대로입니다. 이 가게에서는 T를 파는 겁니다. 한 통을 사면 일을 잠시 그만두고 T가 없어 못 하던 다른 용무를 볼 수도 있고 아래층 바에 내려가 담배를 한 대 태울 수도, 잠시 산책을 하거나, 늘 잊고 살던 연인을 찾아갈 수도, 뭐든 원하는 일을 할 수가 있습니다. 이 상품은 5분을 용기에 담은 거니까요! 지금 제 옆에는 현재로서는 이 상품을 살 수 있는 유일한 곳인 이 상점의 주인이 나와 계십니다."

카메라의 줌이 뒤로 물러났다가 DVD가 화면에 나타났다. 뚱뚱하고 앞치마를 한 채 얼굴에는 미소를 띤 모습이었다. 리포터가 그에게 물었다.

"이 상품을 어떻게 쓰는지 설명해 주시겠습니까?"

DVD는 멋들어지게 설명을 했다.

"설명을 드리지요. 이 한 통을 제 가게에서 삽니다. 용기를 열면 5분의 T를 갖게 되는 겁니다. 물론 원하실 때 5분을 소비하실 수 있지요. 이 5분은 바로 구매자의 것이며 다른 누구의 T도 아니라는 점을 이해하시는 게 중요합니다. 이 T는 원래 구매자에게 없던 시간이지만, 이 제품을 사시면 그 5분은 다시 구매자에게 귀속되는 셈이지요. 어디에 있든, 뭘 하고 있었든지 상관없이 말입니다. 제품을 사십시오. 진정한 기쁨을 선사할 겁니다. 그런데 저, 인사 좀 해도 되나요?"

난저해진 리포터는 마이크를 가리시도 않은 재 말했다.

"얼굴도 두꺼우시군요. 생방송 중에 그 말은 하지 마시라고 미리 경고했잖아요. 방송의 품위를 떨어뜨린다고요."

DVD는 리포터의 마이크를 빼앗아 들었다. 카메라가 그를 가까이서 촬영했다.

"TC, 자네가 보고 있길 바라네. 이렇게 하면 자네한테 도움이 될 거라고 생각했네. 자네는 마케팅 공부를 그렇게 하고도 제일 중요한 걸 잊었어. TV 광고가 그거지. 우리 가게가 지역 방송국 스튜디오 옆에 있지 않나. 저녁 뉴스 아나운서에게 말을 했지. 좀 아까 중앙 방송국에서 기자를 부른 사람 있잖나. 벌써 7년 전부터 우리 가게에서 고양이 사료를 사는 고객이라 잘 알지. 이유는 모르겠지만 고양이 사료가 변비 완화에 좋다면서 사료를 식접 드신다네. 어쨌든 이 제품 얘길 하니까 좋아하면서 저 리포터를 보내서 나를 인터뷰하게 한 거라네…"

이번에는 리포터가 DVD 손에서 마이크를 뺏어갔다. 카메라가 다시 리포터를 클로즈업했고, 예상하지 못한 일이 일어났다. 시범을 통해 상품을 실제로 써보는 가장 효과적인 광고가 시작되려는 찰나였다.

리포터는 종일 매달려야 하는 근무시간에 진저리가 나서 이렇게 말했다.

"이 상품은 상공회의소에 등록, 인정된 것으로, 자유 사회의 국민 어느 누구에게서도 박탈할 수 없는 권리를 보호하고자 하는 제품입니다. 그래서 카메라맨과 기술 담당, 그리고 저는 5분짜리 플라스크를 방금 샀습니다. 지금 당장 써볼까 합니다."

화면에 두 남자가 더 나타났다. 장비를 삼각대에 올려놓아 촬영이 중단되지 않도록 한 카메라맨과 중앙에 방송 연결을 넘겨주는 기술 담당이었다. 세 사람은 각각 손에 용기를 하나씩 들고 있었다. 셋은 동시에 용기를 열었다. 리포터가 말했다.

"5분 동안 중앙과 연결을 하지 못해 죄송합니다. 저희는 이제 5분짜리 플라스크를 소비할 겁니다. 오늘 뉴스는 예정보다 5분 동안 더 진행되겠지요. 지금은 이 점포 장면으로 시청자 여러분과 작별하고 잠시 후에 뵙겠습니다."

카메라는 잔뜩 쌓인 소변 용기와 '서두르세요. T가 얼마 안 남았습니다'라고 쓰인 광고 현수막을 배경으로 고정된 화면을 보여주며 그 상태를 유지했다. 이 장면은 더도 덜도 아닌 5분 동안 방영되었다. 장면이라기보다는 화면 조정 상태 같았다. N을 보던 시청자들 중 상당수는 TV 수상기의 고장으로 화면이 정지했는 줄 알고 TV를 때려봤다.

정확히 5분 후에 리포터가 다시 나타났다. 그는 초콜릿

케이크를 먹으러 갔었다. 시청자 수백만 명은 그가 후식을 먹고 다시 프로그램으로 복귀할 때까지 기다려야 했다. 믿을 수 없는 일이었다. 상품이 진짜이며 소비 역시 허용된다는 증거였다. 리포터는 마이크를 잡고 덧붙였다.

"지금까지 오늘의 화제 N이었습니다. 이제 중앙으로 다시 마이크를 넘기겠습니다."

중앙 스튜디오에 있는 N 진행자는 매우 난처해졌다. 시청자들은 이제 그의 변비, 그리고 실은 고양이도 없다는 사실에 대해 다 알게 되었다. 방송인으로서 그의 커리어도 이제 끝이었다.

이대로만 가면 백만장자?!

C6

아침 6시 15분 전이었다. 전화벨이 계속 울려댔다. MTC가 반쯤 잠든 채로 전화를 받았다.

"여보세요? 받아, 당신 전화야. 누군지 모르겠어."

MTC가 남편에게 수화기를 건넸다.

"여보세요? 누구세요?"

"나 DVD일세. 빨리 이리로 와줘야겠네. 심각한 문제가 생겼어."

수화기 저편에서 웅성거리는 소리가 들려 DVD의 말이 잘 들리지 않았다.

"누구라고? DVD? 대체 무슨 일이죠?"

"서두르게. 빨리 와주게, 제발!"

DVD 목소리 뒤로 귀를 먹먹하게 하는 아우성이 들렸다. TC는 전화를 끊고 최대한 빨리 옷을 입었다. 뭔가 심각한 일이 제일 친한 친구에게 일어났다.

어쩌면 우라늄을 실은 트럭이 전시해 놓은 용기 근처로 지나가다가 대형 폭발을 일으켰는지도 모른다. 플라스크&플라스크 엔지니어들이 예견했던 그대로. 아니면 쌓아둔 용기 1500개가 바닥으로 떨어져서, 수십만 분의 T가 흘러나오는 바람에 DVD 점포 주변을 운행하던 차량들이 탈선하게 된 건 아닐까? 대체 무슨 일이지?

TC는 급히 계단을 내려와 차에 몸을 던진 다음 전속력으로 차를 몰아 DVD의 가게까지 갔다. 도착하면서 보니 그의 점포 주변에 사람들이 개미 떼처럼 모여 있었다. 2000여 명이나 되는 사람들이 DVD 가게의 식료품 진열대 문 앞에 몰려 서 있었다. 일부는 자리를 떠서 군중이 몰려드는 방향과 반대로 빠져나오며 길을 만들었다. TC는 믿을 수가 없었다. 제 곁을 지나가는 이 사람들 손에는 5분짜리 플라스크가 들려 있었다!

TC는 사람들을 뛰어넘어 말 그대로 사람들 머리 위로 지나갔다.

"좀 지나가겠습니다. 지나갈게요!"

천신만고 끝에 문까지 도달했다. 문은 아주 단단히 잠겨 있었다. 문 안쪽으로는 진열대 안에서 신경질적인 군중을 두려운 눈으로 살피고 있는 DVD가 보였다. 마치 참호 안에 몸을 숨긴 군인 같았다. 그런 DVD의 눈에도 적들을 헤치고 이쪽으로 오는 TC가 보였다.

DVD는 밖에 있는 성난 고객들 틈에서 TC를 알아본 듯했다. 인파가 몰려들어 올 위험을 무릅쓰고 그는 빗장을 열어 친구를 들여보냈다. 물론 대여섯 명이 가게 주인 위로 몸을 던져 뒤따라 들어오는 걸 피할 수는 없었다.

"5분짜리 플라스크 하나 주세요!"

한 사람이 말했다.

"그거 오늘 필요해요. 꼭 좀 하나 주세요. 돈은 필요한 만큼 드릴게요."

다른 사람도 말했다.

"하나도 없다고요?"

첫 번째 손님이 말했다.

"어떻게 그럴 수가 있어요?"

두 번째 손님이 화가 나서 따졌다.

"오늘 새벽 5시 30분부터 줄 서서 기다렸는데…."

세 번째 손님이 한숨을 쉬었다.

"이건 말도 안 돼요!"

손님들 모두가 이구동성으로 외쳤다.

TC와 DVD는 밀어내다시피 해서 신경질적인 손님들을 가게 밖으로 내몰았다. DVD는 이마의 땀을 닦고 한숨을 돌리기 위해 앉았고, 진정한 후 TC에게 말했다.

"사건은 오늘 아침 4시 30분에 시작됐다네. 늘 그 시간에 빵을 구우러 나오거든. 벨이 울리기에 이상하다 했지. 바깥에 사람이 한 스무 명쯤 있었어. 모두 같은 걸 원했지. 5분짜리 한 통을 찾는 거야. 어제 저녁 N 봤지? 자네 발명품에 대해서 언급하는 데 성공했다네. 현수막과 용기도 다 화면에 나왔어. 우리 가게에서 T를 살 수 있다고 했지. 오늘 단 한 시간 만에 자네 제품 1500개를 모두 팔았다네. 그 이후 아침 내내 도시 전역에서 사람들이 몰려왔어. 자네, 최대한 속도를 내서 T를 다시 포장해 주게. 안 그러면 손님들이 우리 가게를 박살내고 말 거야. 받게나, 자네 몫일세."

DVD는 TC에게 약 $2250를 주었다. 오늘 판 제품의 대금이었다.

TC의 심장이 흥분으로 방망이질했다. 머릿속의 구상이 갑자기 모두 실현된 듯했다. 아무도 이해하지 못했던 게 눈 깜짝할 새에 구체적인 현실이 되었다. 이제 윤곽이 뚜렷이 드러나 보였다. 낭비할 T가 없었다. 지금이 아니면 평생 다시는 못 올 기회였다! 그는 바깥으로 나가 가게 문을 밀치고 있는 군중 앞에 서서 목청껏 외쳤다.

"5분짜리 플라스크는 다 팔렸습니다! 하지만 내일 일찍 다시 오십시오. 내일은 모두에게 돌아갈 만큼 충분한 수량이 공급될 겁니다!"

성난 군중은 몇 분 후 진정하고 각기 제 갈 길로 해산했다. 남은 사람들은 적잖이 실망했다. 오늘 당장 그 5분을 원했기 때문이다. 하지만 모두들, 하나도 빠짐없이 모두들 내일 아침에 다시 올 터였다.

TC는 DVD에게 뜨거운 감사 인사를 전했다. 그가 바로 다음 날 이토록 많은 군중을 불러오리라고는 상상도 하지 못했다. 그런 다음에는 차를 타고 전속력으로 플라스크&플라스크로 갔다. 엔지니어들은 포장 후 24시간 후에도 핵폭발이 일어나지 않았으니 결국 소변 용기가 가장 이상적이라는 결론을 내렸다.

소변 용기는 표준 크기였기에 TC는 원하는 만큼 많은 수량을 주문할 수 있었다. 그는 일단 4만 개를 주문했다. 대량 주문이었기에 대금 지급은 60일 후에 해도 됐다. 게다가 대량 주문이었으므로 고객이 원하는 속도와 요청에 따라 단계별 납품이 가능했다. 구매력보다 더 무서운 건 없었다. 이제 첫 대량 수요가 TC를 기다리고 있었다. 그는 트렁크에 용기를 수만 개나 싣고 당장 T를 다시 포장하러 출발했다.

그게 바로 TC가 한 일이었다. 하지만 자명종 20개로는 생산 속도가 너무 느릴 터였다. 그렇다고 시계가 더 많다 해도 TC의 작은 주차 공간에 들어가지도 않을 것이다. 주차장에 생산 라인을 늘릴 공간이 더 필요했다. 회사를 이전할 공간을 찾는 게 순서겠지만 T가 없었다. 게다가 휴렛팩커드 역시 보통 사무실로 이전하기 전에 차고에서 여러 달을 보냈지 않은가. TC라고 질 수는 없었다.

이웃들을 모두 찾아가 합리적인 가격에 같은 건물의 주차장 공간을 전부 확보했다. 첫날 판매로 벌어들인 $를 전액 투자해서 이웃들에게 계약금을 지급하는 데 썼다. 일단 착수금을 지급한 다음 한 달 후 현금이 돌 때쯤 나머지 계약 금액을 지급하기로 공증인 앞에서 서명하도록 했다.

다른 사람들의 주차장 공간은 모두 사들였지만 402호 이웃 여자가 닥터 체와 살림을 차려 나가는 바람에 그 자리에 대해서는 협상도 할 수 없었다. 어쨌든 MTC가 차를 주차하도록 그 자리는 따로 필요했다. 그러는 편이 나았다.

TC는 DVD가 요청한 만큼의 제품을 공급할 수 있었다. 하지만 놀랍게도, 도시 전역에서 5분짜리 플라스크를 찾는 주문이 쇄도했다.

TC는 자유주식회사에서 일하고 싶어 하는 이들을 전부 채용했다. 별로 어려운 일도 아니었다. 실직한 동네 이웃들 모두가 일을 하겠다고 나섰기 때문이었다. TC의 아파트에 일자리를 찾는 사람들 수백 명이 찾아왔다. TC가 T를 담은 플라스크로 성공을 거뒀다는 사실은 그 동네에서 모르는 사람이 아무도 없었다.

업무 분장도 간단했다. 채용한 직원 네 명을 한 조로 묶어 각기 다른 업무를 맡겼다. 먼저, 차가 있는 사람을 한 명 할당해 주문처에 제품을 배달시켰다. 두 번째 직원은 자명종을 사러 보내고 세 번째 직원은 라벨 인쇄를, 네 번째 직원은 차고에서 용기를 채우는 일을 맡았다.

이렇게 해서, TC는 며칠 만에 자명종 2000개, 소변 용기 200만 개, 접착식 라벨 150만 장을 구할 수 있었다. 이 모든 일은 그의 이웃 240명으로 이뤄진 작은 군대 덕택에 가능했다. 이들은 T를 담은 플라스크를 필요한 양만큼 얼마든지, 기꺼이 생산할 준비가 되어 있었다.

주문은 TC의 집 전화로 받았다. 전화선은 거의 마비될 지경이었다. 장모에게 주문을 접수하게 했다. MTC는 자유주식회사의 직원들이 용기 포장 공정 중에 어둠 속에서 일하지 않도록, 주차장 스위치 곁에 붙어서 불이 꺼질 때마다 스위치를 올려야 했다.

다음 며칠은 미친 듯이 흘러갔다. TC의 주차장은 작업 요원들과 자명종 줄, 계속해서 T로 채워지는 빈 용기들로 꽉 찼다. 용기가 채워지면 제품은 차고를 떠나 자유주식회사 배송 요원들의 차에 적재되었다.

효율적으로 업무를 조직하려고 했지만 쉽지 않았다. 직

원들은 T를 채우는 일에 경험이 없었다. TC는 여러 차례 속이 터지곤 했다.

"저 용기들에는 지금 10분이나 들어가고 있는 거 안 보입니까!? T를 이렇게 공짜로 막 나눠줄 셈이냐고요? 제대로 합시다! 용기 더 들여와요! (…) 용기를 좀 조심해서 다뤄주세요! 그러다가 용기를 다…! 벌써 다 채웠잖아요. 제발 바닥에 흐른 수십 분 좀 주우세요…. 예, 그렇게요. 안 보여요? (…) 여기 라벨 더요! 플라스크 더 가져와요!"

그달 내내, 일간지 1면에는 자유주식회사에 대한 다양

《오늘―어떤 나라》
"5분짜리 플라스크에 대한 수요 폭발"
《절반의 진실》
"자유주식회사, 5분짜리 플라스크에 대한 폭발적인 수요는 이어질 것인가?"
《우리 공정 언론》
"수천 업소에서 자유주식회사의 5분짜리 플라스크 주문 중"
《세상에 이런 일이》
"올해의 상품, 판매고 지칠 줄 모르고 계속 성장"

한 스케치가 실렸다.

수요는 매우 많았고, 아직도 잠재 고객이 많았다. 이렇게 유지만 된다면 TC는 몇 달 안에 백만장자가 될 터였다. 달리 말하면 저두개미는 이제 그리 멀지 않은 곳에 있었다.

1분도
넘치거나
모자라지
않게!

"담배 한 갑, 성냥 한 갑하고 5분짜리 한 통 주세요."

한 여자가 가판대에서 물건을 사며 말했다.

"어, 오늘 5분 용기를 집에서 안 갖고 나왔네! 나 하나 빌려줄래? 내일 꼭 갚을게…."

한 사람이 지하철에서 친구에게 이렇게 부탁했다.

"너 나한테 T 맡겨놨냐?"

친구의 대답이다.

"파울라 있잖아, 아직도 5분 용기를 안 써봤다지 뭐니?"

한 여자가 회사 매점의 커피 자판기 옆에서 친구에게 귀엣말로 말했다. 이 말을 들은 친구가 답했다.

"걔가 원래 좀 이상한 데가 있잖아."

시간을 팝니다, T마켓

"빅토르, 정오에 T 5분 어때? 생각 있어?"

사무실에서 한 직원이 동료에게 제안했다.

"물론이지. 그럼 지하 바에서 만나."

사람들은 원하는 대로 용기를 쓸 자유가 있었다. 5분짜리 플라스크는 완벽한 상품이었다. 사람들은 자신을 위한 T를 필요로 했다. 그리고 TC가 고안한 상품이 충족시키는 필요도 바로 그거였다.

점점 더 많은 용기가 전국 곳곳에서 팔려나갔다. 수백만 명이 5분짜리 플라스크를 시험해 보고 소비했다. 5분짜리 플라스크는 엄청난 유행 상품이 되었다. 5분짜리 자유의 플라스크를 써보지 않은 사람이 어디 있단 말인가?

주요 일간지에는 온갖 종류의 사람들에게서 TC의 아이디어를 칭송하고 감사하는 독자 편지가 끊임없이 도착했다. T가 든 용기는 간호사, 청소부, 미용사, 운수업자, 조종사, 사무직원, 비서, 교수, 공무원 등등의 삶을 바꿔놓았다. 체제에 대한 종속감은 크게 줄어들었다. 사람들은 더 행복해졌다. 예상되었듯이 T의 소비는 주로 근무시간에 이뤄졌다. 어떤 나라의 국민들은 스스로 제 T의 주인이 되는 행복감을 누렸고, 언제라도 사무실이나 작업장, 공장 등에서 하던 일을 멈추고 5분을 소비할 수 있었다.

어떤 이들은 책상 앞에 앉아 잠시 조는 데 5분을 썼고, 다른 이들은 J가 갑자기 나타날까 걱정할 필요 없이 컴퓨터 작업의 지루함을 더는 데 5분을 썼다. 연인이나 배우자가 가까운 곳에서 일하는 사람들은 아침에 서로의 시계를 맞추고 같은 시간에 5분을 썼다. 길 한가운데서 만나서 용기를 연 다음 5분 동안 열렬히 키스를 했다. 전에는 어떤 커플이라도 적어도 수중에는 T가 없어서 할 수 없던 일이었다.

이에 대한 기업의 반응은 각기 달랐다. 직원이 T를 사서 소비한다면 그 T는 물론 해당 직원의 것이지만 그 T는 직장에 약속한 것이기도 했다. 그러면 우선순위는 어디에 있는가? 그 T는 개인이 구매한 것이므로 재산권을 인정해야 했고, 그건 어떤 경우에도 부정할 수 없는 권리였다. 어떻게 보면 구매한 T는 회사에 약속한 T가 아니라 다른 T라고 주장할 수도 있었다. 포장된 T와 이를 소비하는 순간이 일치하는 건 어쩌면 우연의 일치로 서로 전혀 상관이 없는 일이었다.

이런 주장을 받아들인다 해도, 기업들은 일하지 않은 5분에 대해 급여를 줄 수는 없다고 하면서 일하지 않은 T에 비례해 급여를 공제하기 시작했다. 어떤 나라의 국민들에게 이런 조치는 T를 사면 $를 어느 정도 덜 벌게 된다는 뜻이었다. 하지만 사람들은 하루에 5분짜리 플라스크를 한두 개만 소비할 뿐이어서, 월급에서 차감되는 금액은 거의 느껴지지도 않을 정도로 미미했다. T를 사는 사람 중 누구도 구매력이 떨어졌다고 느낀 사람은 없었다.

예상과는 달리 기업들은 더 이상 문제를 제기하지는 않았다. 오히려 그 반대였다. 직원들이 T를 구매하는 일의 효용을 점차 깨닫기 시작했다. 물론 예상하지도, 계획하지도 않은 순간에 직원들이 자리를 비워 업무에 사소한 변동을 유발하곤 했지만 이런 변동은 직원 사기의 진작과 업무 분위기 향상으로 상쇄되었다. 이직률이나 감기나 독감 등으로 인한 결근은 절반 이상으로 떨어졌다. 사람들은 이제 쉬거나 일상 업무에서 잠시 벗어나기 위해서 아픈 척하지 않아도 되었다. 매일 언제라도 5분짜리 플라스크 한두 개를 여는 것으로 충분했다.

그러다 보니 자유주식회사는 한 공장에서 이런 전화를 받기에 이르렀다.

"우리 회사 직원들을 위해 5분짜리 T가 담긴 플라스크를 주문하고 싶습니다."

"뭐라고요?"

TC의 장모는 놀라서 물었다.

"하지만… 직원들이 업무 중에 T를 소비하는 게 못마땅하지 않나요?"

"그게 말이지요, T를 소비하는 건 직원에게 박탈할 수 없는 권리잖아요. 집에 5분짜리 플라스크를 두고 왔다고 해서 약간의 T를 소비하는 즐거움을 박탈당해서야 쓰나요? 직원이 쓰고 싶을 때 T가 담긴 플라스크를 쓸 수 없다면 회사로서도 생산싱이 떨이질 겁니다. 스트레스가 증가할 테니까요. 저희 공장 근무 분위기가 얼마나 나아졌는지 상상도 못하실 겁니다. 직원들이 T를 소비할 수 있게 되면서부터 파업과 농성이 크게 줄었어요."

이 공장은 첫 테이프를 끊은 곳에 불과했고, 수많은 기업들이 회사 매점과 식당, 또는 예전에 커피나 음료수를 팔던 자판기에서 T가 담긴 플라스크를 팔기 시작했다.

그뿐만 아니라, 모든 유형의 업소에서 T가 든 용기를 팔기 시작했다. 몇 달 전에 이 상품을 거절했던 술집과 이를 경멸했던 백화점, 지하철 자판기는 물론, 고객을 유지하려는 업소는 모두 T가 든 용기를 취급해야 했다.

한편 정부 당국은 T의 판매에 그다지 큰 관심을 보이지 않았다. 단지 정말 특허를 받았는지, TC가 필요한 허가를 모두 취득했는지만을 확인하고 싶어 했다. 모든 게 규정대로라는 걸 확인한 다음에는 재무부의 감독관을 보냈을 뿐이다.

TC의 기민함은 성공한 후에도 줄어들지 않았다. 국세청장에게 5분짜리 플라스크를 엄청나게 선물해, 청장은 자유주식회사를 감독할 T가 없게 되었고, 다시는 자유주식회사도, 직장인 국세청 근처에도 얼씬하지 않았다. 한편 국세청에서는 감독관을 다 잃기 전에 자유주식회사에 더 이상 감독관을 보내지 않기로 했다.

정치인들은 어땠을까? 이들은 T의 판매에 열화와 같은 지지를 보냈다. 5분짜리 플라스크에 대한 국민들의 성원은 폭발적이어서 정치인들도 그 장점을 인정하기로 했다. (왜 아니겠는가!) 여당은 물론 야당까지도 자유주식회사가 더 쉽게 사업을 할 수 있고 포장된 T를 전국 각지에 공급할 수 있도록 해줘야 한다는 발언이 끊이지 않았다. T가 담긴 플라스크가 국민 전체의 이해에 부합하는 자산으로서, 보호할 대상이라고 천명하는 의원들까지 있었다.

몇 달이 지났다. TC의 주차장에서는 점점 더 많은 5분짜리 플라스크가 전국 방방곡곡으로 실려 나갔다. 생산을 늘리기 위해 TC는 더욱더 많은 자명종을 주차장에 추가했고, 이제는 더 이상 자명종을 더 놓을 공간이 없는 지경에 이르렀다.

자명종은 산을 이루었고 용기들이 늘어선 줄은 서로 다닥다닥 붙어 있었다. 그러던 어느 날 MTC가 남편에게 말했다.

"여보, 이제 이전할 때가 된 거 같아."

"당신 말이 맞아. 이젠 더 이상 공간이 없군. 이제 사람도, 시계도, 바닥에 용기들도 너무 많아…."

"그것보다도 주차장 조명의 자동 차단 프로그램을 해제할 수 있는 전기공을 찾을 수가 없어서 그래. 문 옆 기둥에 붙어서 하루 열두 시간이 넘도록 스위치를 올리는 게 지금 벌써 여러 달째야."

아내의 간청에 TC는 이전할 곳을 물색하기 시작했다. 면적이 아주 넓고 사무실과 앞으로도 계속 늘어날 T 플라스크의 생산 라인이 충분히 들어갈 수 있는 곳이라야 했다. 앞으로 몇 해 동안 생산 예정인 용기 몇백만 개를 보관할 창고도 세우고 싶었다. 배송 트럭을 주차할 공간도 충분해야 했다. 이제는 T 플라스크의 납품을 위해 회사 차량을 보유하고 있어야 했다.

TC는 부지를 물색하고 또 물색해 결국 도시 외곽에서 이상적인 곳을 발견했다. 주변 반경 수 킬로미터에 걸쳐 사막이 펼쳐져 있었다. 유사시에 마음껏 확장할 수 있었으므로 회사가 무제한 성장할 수 있는 곳이었다.

부지를 매입하고 건설 허가를 받은 TC는 플라스크&플라스크의 다섯 엔지니어에게 연락해 업무를 위임했다.

"타의 추종을 불허하는 공장을 짓고 싶소."

엔지니어들은 자유주식회사에 입사했다. 이들은 '시계처럼' 돌아가는 기계화된 포장 공장을 설계하고 건설했다. '시계처럼'만큼 정확한 표현도 없었다! 공장은 길이 200미터의 작업장 열다섯 개에서 자명종 수십만 개가 박자를 맞춰 '째깍 째깍' 돌아가는 시스템이었다. 5분마다 자명종들이 일제히 울리면 자명종 뒤에 설치된 기계 팔이 앞에 놓인 소변 용기의 뚜껑을 덮고 잠길 때까지 뚜껑을 돌렸다. 이렇게 해서 정확히 5분의 T를 주입했다.

그런 다음에는 컨베이어 벨트가 자동으로 작동하고, 포장된 용기는 벨트를 타고 일렬로 라벨 부착 공장으로 이송되었다. 이 공정에서는 로고와 사용법 설명이 붙은 라벨이 부착되었다. 그러면 용기는 다른 컨베이어 벨트를 통해 창고로 운반되고, 이어서 빈 용기가 다시 공정에 들어왔다. 그러면 공정이 다시 시작되었다. 공정은 전자동이었다.

각 컨베이어 벨트가 자연스럽게 연결되는 모습을 지켜보노라면 감탄이 날 지경이었다. 공장 자동화는 매우 인상적인 수준이어서, 자유주식회사의 공장은 이제 전체 산업의 귀감이었고 세계적으로 내로라하는 수준이었다. 공장에는 '모던 타임즈'라는 이름이 붙었다. 그리고 플라스크&플라스크에 붙어 있던 모토가 내걸렸다. '1밀리리터도 넘치거나 모자라지 않습니다'라는 모토는 자유주식회사에 맞게 바꾸었다. '1분도 넘치거나 모자라지 않습니다.'

탁월한 모토였다. 더 많은 T를 충전하는 건 수익성 손실을 뜻했고, 규정보다 모자라는 T를 충전하는 것도 회사의 명성을 저해하기 때문이었다. 이제까지 용기에 5분보다 적게 충전되었다는 불만은 한 번도 접수된 적이 없었다.

새 공장에서는 T 포장 라인이 이전의 30라인에서 200라인으로 늘어났고, 배송 차량도 2000대나 되었다. 자유주식회사는 계속 직원을 고용해서 종업원 규모는 2000명까지 늘어났다.

자유주식회사의 종업원들 거의 대다수는 TC기 사는 동네 출신이었다. 그 동네의 실업률은 0퍼센트가 되었다. 흥미롭게도, 실직자가 많았던 그 동네가 이제는 전 국민이 소비하는 T를 전량 생산했다. 공장에서 일하는 종업원들은 다른 국민들처럼 시스템에 종속감을 느끼지 않았다. 종업원들에게는 자신이 포장하는 T가 무상으로 제공되었기 때문이었다.

달리 말하면 이들은 5분의 T를 원하는 만큼 쓸 수 있었다. T를 마음껏 쓸 수 있다는 걸 알기에 종업원들은 T를 소비하고 싶은 욕구가 오히려 적었다. 그 때문에 자유주식회사는 흥미롭게도 전국에서 유일하게 종업원들이 T를 거의 구매하지 않는 곳이었다. 콜라를 만드는 회사의 종업원들이 콜라라면 지겨워하듯이 자유주식회사의 직원들은 T에 싫증이 났다.

직원들이 잘 적응하고 있긴 했지만 TC는 인사 정책이란 전문가의 손에 맡겨야 한다고 생각했다. 그래서 DP에게 연락했고, 그는 즉시 동의해 TC를 위해 일하기로 했다. TC는 DP가 가까이서 일하는 게 만족스러웠다. 회사 매점에서 아침마다 쇠똥구리와 개미, 기타 곤충들에 대해 대화를 나눌 수 있었기 때문이었다.

자유주식회사는 이제 대형 산업이자 굴지의 T 생산업체가 되었다. 하지만 그것만으로는 TC의 성에 차지 않았다. 판매 실적은 이미 상당해서 TC는 TV에 광고를 내기로 했다. TV 광고 20초의 비용을 알게 된 TC는 그 금액을 판매한 용기당 수익과 비교해 보았다. 20초 동안 전파를 타려면 2만 5000분을 팔았을 때 나오는 수익에 맞먹는 비용이 필요했다. 이런 터무니없는 결과 때문에 TC는 모든 TV 채널이 자사의 광고를 무료로 내보낼 수 있도록 하는 광고를 구상했다.

"그건 불가능해."

모두들 그렇게 말했다.

하지만 TC에게 불가능이란 없었다. 1주일 동안 곰곰이 생각한 끝에 해결책을 찾았다.

프로그램과 프로그램 사이의 시간에 방송되는 광고 방송인 스폿spot을 이용하면 간단했다. 흰 배경에 검은 정장을 입은 매우 매력적인 남자가 5분이 충전된 용기를 들고 나와 이렇게 말하는 것이다.

"이제 저는 5분짜리 T 플라스크를 쓸까 합니다. 5분 후에 다시 뵙지요."

그리고 용기의 뚜껑을 열자마자 다른 광고가 나간다. 그러면 5분 동안 다른 상품들의 광고가 나간 다음 검은 옷의 남자가 다시 나타나서 텅 빈 용기를 보여주며 이렇게 말한다.

"T의 소비란 얼마나 근사한지 몰라요! 여러분도 자유의 플라스크를 써보세요."

결국 다른 광고는 대개 20~30초인데 TC의 광고는 5초에 불과했고, 훨씬 더 적은 비용으로 광고를 할 수 있었다!

하지만 놀라운 일은 시청자들이 검은 옷을 입은 남자가 5분 후에 약속대로 정말 다시 나타나는지를 확인하기 위해 5분 동안 지루한 광고들을 끝까지 지켜봤다는 점이었다. 아무도, 단 한 사람도 채널을 바꾸지 않았다. 문제의 남자가 다시 나타날지 여부에 대해 시청자들이 내기를 걸곤 했기 때문이었다. 이로 인해 TC의 광고는 소비자들이 광고를 기피하는 재핑zapping 현상을 늘 피할 수 있었다.

TV 채널들은 TC의 광고를 내보내고자 혈안이 되어 있었다. 광고 방송 시작 시에 그 광고를 내보내면 시청자들이 그 시간대에 채널을 고정했는데, 이런 일은 오랫동안 좀처럼 발생하지 않았기 때문이었다. 전 채널이 자유주식회사의 광고를 내보내는 데 높은 관심을 보였기에, TC가 예상했던 대로 각 채널은 곧 이 광고를 공짜로 방송해 주었다.

장모가 아직도 그의 아파트에서 주문을 받고 있었지만 TC는 고객 서비스 부서도 설치했다. 그의 장모는 사람들과 전화로 이야기하는 걸 아주 좋아했지만 몇 달 동안 하루 열두 시간씩 수화기를 붙들고 있은 다음에는 그 일을 완전히 그만 두고 자기 집 전화까지 해지해 버렸다. 이제는 TC의 장인까지 전화가 없어진 것이다. 장인도 자신이 휴대폰을 장만하리라고는 평생 상상도 못 해봤다.

이제부터는 TC의 사무실 아래층에 위치한 고객 서비스 부서에서 주문을 받았다. 전화기 말고도 팩스와 이메일 등으로 T를 주문받을 수 있도록 다른 대안 통신수단도 모두 구비했다. TC는 고객 서비스 부장에 친구 DVD를 임명했다. 그야말로 사상 처음으로 T를 판 사람이 아니던가. 그만큼 적격인 사람도 없었다. DVD는 400명의 상담원을 두고 전국 각지의 업소와 점포에서 주문을 받았다.

장모는 이제 더 필요하지 않았고 일찌감치 은퇴했다. 장모에게는 전 직원이 참석한 가운데 감동적인 퇴직 행사를 베풀고 금으로 된 자명종을 선물했다.

하지만 그해에 정말 굉장한 일은 12월 마지막 날 일어났다. 어떤 나라의 대통령이 연말 연설에서 T가 담긴 플라스크를 언급한 것이다.

"TC, N 좀 틀어봐!"

12월 31일, 아내가 감격해서 소리쳤다.

"대통령이 당신에 대해서 언급하려는 거 같아."

TC는 사무실 TV를 켰다. 대통령은 여느 해처럼 그해에 일어났던 가장 중대한 사건들을 되짚어 보고 있었다. 연설 말미에 그는 이렇게 말했다.

"(…) 일국이 국민들에게 자기 시간을 소비할 수 있도록 했다는 건 한 사회가 그만큼 성숙했다는 징표입니다. (…)"

TC는 심호흡을 한 번 길게 하고 감격했다. 24평, 친구들에게는 32평이라고 했던 커다란 사무실에서 시계처럼 돌아가는 9000평의 공장을 자랑스럽게 바라봤다.

TC는 정면에 TV가 놓인 가죽 소파에 편안히 몸을 기대고 말했다.

"해냈어."

신상품을
발표
하겠
습니다

C8

다른 일이 더 일어나지 않았다면 더 이상 아무 일도 없었을 것이다. 하지만 그렇지 않았다. 어떤 일이 일어났는지 살펴보자. 어떤 나라의 국민들은 하루 몇 분의 T로 만족하지 않았다. 그래서 왕성하게 무제한 성장을 거듭하던 자유주식회사는 5분짜리 플라스크를 새로운 상품, 즉 두 시간짜리 상자로 대체했고, 역시 큰 성공을 거뒀다.

어떤 나라 국민들의 T를 소비하는 습관과 규범은 급격하게 변했다. 사람들은 매일 두 시간짜리 상자를 하나씩 소비했다. 아침 일찍 상자를 써서 평소보다 두 시간 늦게 출근하는 걸 선호하는 사람도 있었다. 그 덕택에 사람들은 전날 밤에 더 자주 사랑을 나누고 모자라는 잠을 아침에 보충할 수 있었다. 이 때문에 몇 년 동안 마이너스였던 어떤 나라의 출생률은 20퍼센트가 증가했다. 어떤 사람들은 근무시간 중에

두 시간짜리 상자를 소비했다. 테니스를 치러 가거나 요가 수업을 들었다. 그런 다음에는 상쾌하고 기분이 좋아져서 일터로 돌아갔다. 이직률은 계속 감소했다. 이제 출근은 즐거움이었다. 두어 시간을 자기가 원하는 대로 쓸 수 있기 때문이었다. 그뿐이 아니었다. 출근하지 않는 날이면 자유로운 T가 없는 거였다!

한편 두 시간짜리 상자를 일과의 마지막 두 시간에 맞춰 오후에 사용하는 사람도 있었다. 몇 년 동안 할 T가 없어 미루었던 개인적인 용무를 이제 볼 수 있게 되었다. 가령 아이들 학교에 자녀들을 데리러 간다든지, 방문하지 못하고 지내던 가족을 찾는다든지 하는 일이 가능해졌다.

3개월 후 TC의 매출은 열두 배가 되었다. 전국을 대상으로 생산, 판매하는 분량도 마찬가지였다. TC는 이런 폭발적인 수요에 대응하기 위해 기존 생산 라인의 수를 비례해서 늘렸다. 자유주식회사의 규모는 작은 차고에서 3만 평으로, 두 명에서 6000명으로 변모했다. 용량이 더 큰 신형 용기의 T는 어떤 나라의 주민들을 더욱 행복하게 만들었다. 하지만 모두가 좋아한 건 아니었다. 5분짜리 플라스크는 그리 큰 문제가 되지 않았지만 두 시간짜리 상자는 일터에 큰 혼란을 주었다.

직장에서 어떤 문제를 놓고 한 사람이 다른 직원을 찾

을 때면, 해당 직원은 매일 일과로 두 시간짜리 상자를 소비하느라 부재중일 때가 많았다. 업무 속도는 느려졌고, 문제는 미결인 채 늘어졌으며, 전 같으면 결정하는 데 몇 분밖에 걸리지 않을 사안을 결정하는 데 며칠이나 걸리곤 했다. 어떤 경우에는 한 기업 간부가 비서에게 편지 하나를 타이핑시키는 데 한 달이 걸린 사례도 있었다. 비서가 편지를 받아쓰다 말고 늘 두 시간짜리 T가 담긴 상자를 써서 태극권 강좌에 나가곤 했기 때문이다. 비서에게는 응당 그럴 권리가 있었다.

이런 상황에서 기업들은 예정에 없이 공석이 된 자리를 메우기 위해 사람을 더 고용할 수밖에 없었다.

기업주들은 하늘에 대고 외쳤다. 이럴 순 없어! 사람들이 T를 이렇게 소비하도록 둘 순 없다고! 5분은 몰라도 두 시간은 별개의 문제잖아!

이리하여 비밀 회동이 마련되었다. 재계, 금융계의 대표 주자들과 정부 대표가 한자리에 모였다. 한 기업주가 탄식을 하면서 정부 대표에게 설명했다.

"현 상황을 그대로 두고 볼 수는 없습니다. 뭔가 조치를 취해야만 합니다. 이런 태업 사태는 전국 모든 기업에서 생산비 인상을 초래하고 있습니다. 비용이 상승하면 가격이 인상됩니다. 물가가 인상되면 판매율이 떨어지고 수출도 줄어듭니다. 판매가 저조하면 기업의 수익이 줄어듭니다. 그렇게 되면 행정부의 세입도 줄어듭니다. 곧 법인세 납세율이 나락으로 떨어지게 될 겁니다. 기업들만의 문제가 아니라 정부까지 연관되는 문제입니다."

"하지만…."

정부 대표는 말했다.

"기업은 종업원 수가 늘었고 실업률도 크게 줄었습니다. 실업 자체가 없어졌다고 해도 과언이 아니에요. 고용 사무소에 따르면 지속적인 인력 부족을 보충하기 위해 더 많은 노동력이 필요해진 이후로는 몇 년 만에 처음으로 실업률이 거의 제로가 됐습니다. 정부 입장에서 보면 두 시간짜리 상자가 우리나라의 실업 문제를 단번에 완전히 제거했습니다. 부의 재분배라고 생각하지는 않으십니까?"

절망에 빠진 다른 기업주가 답했다.

"그럴 수도 있지요. 저희는 그렇지 않다고 주장하려는 건 아닙니다. 하지만 이 나라가 얼마나 막대한 손실을 보고 있는지 곧 목격하게 되실 겁니다. 이 남자… 이름이 뭐죠? 아, 맞아요, TC! 이 사람은 국가 위기 상황을 초래하고 있어요…. 곧 피부로 느끼게 되실 겁니다."

다른 기업주가 심각한 목소리로 제안했다.

"근로자들이 자리를 비울 때 소비하는 시간에 해당하는 비용만 월급에서 공제할 수는 없어요. 근로시간당 우리가 지급하는 만큼보다 훨씬 더 많이 공제해야 합니다. 직원들이 업무 시간 두 시간 동안 생산하는 수익만큼 공제해야 '공정'하겠지요. 그러면 손실된 생산성을 일부 회복할 수 있을 겁니다."

"그게 얼마나 됩니까?"

정부 대표가 물었다.

"근로자가 소비하는 1분에 적용하는 급여를 10으로 곱한 액수지요. 우리나라에서 개인의 시간당 생산성 평균이 그 정도거든요."

정부 대표는 이 제안에 까무러칠 지경이 되었다.

"지금 제정신이십니까? 혁명이라도 일어나길 바라는 겁니까? 소비하는 시간의 비용을 지불하는 건 뭐니 뭐니 해도 근로자 자신이라는 건 생각 안 합니까? 소득을 지금의 10분의 1로 줄이라고 할 순 없어요! 그건 부당합니다."

"다른 해결책은 없을까요? 다른 대안이요."

금융계 대표 중 한 사람이 제안했다.

"T의 판매를 금지하면 됩니다. 앞으로 T의 소비를 금지하는 법 개정안을 발표하도록 정부에 요청하려고 생각하고 있었습니다."

정부 대표는 다시 한번 소리치면서 탁자를 주먹으로 내리쳤다.

"뭐라고요? 대통령께서 연말 연설을 통해 전 국민을 대상으로 말씀하신 지 채 1년도 되지 않았습니다. 글자 그대로 암송해 볼까요? '일국이 국민들에게 자기 시간을 소비할 수 있도록 했다는 건 한 사회가 그만큼 성숙했다는 징표입니다.' 이렇게 말씀하셨어요. T의 판매가 사회 평화와 이직률 감소에 기여한다고 말했던 건 바로 여러분 아닙니까? 단지 너무 많이 소비한다는 이유로 이제 와서 T의 판매가 불법이라고 주장할 수는 없습니다. 한 상품의 판매량이 그 상품을 시장에서 철수시키는 이유는 될 수가 없지요. 옳으면 옳고 그르면 그른 거지, 옳은데 반쯤만 옳거나 필요할 때만 옳을 수는 없습니다. 국민들에게 T를 자유로이 구매하도록 허용했는데 이제 와서 너무 많이 소비한다고 그 자유를 제한할 수는 없습니다. 국민들이 지금보다 자동차를 세 배나 더 산다면 반대하시겠습니까? 국민들이 TV를 두세 대 살 때는 왜 불만이 없으셨죠? 한 사람이 하루에 담배를 몇 갑이나 피우는지 통제하는 사람은 왜 없는 겁니까? 이해가 안 되십니까?"

다른 기업주가 한숨을 내쉬며 이렇게 제안했다.

"모두들 진정하십시오. T의 판매를 금지할 수도, 종업원이 소비하는 T에 대해 $를 물릴 수도 없다면… 한 가지밖에 방법이 없습니다. 적어도 사람들이 하루 중 같은 시간에 두 시간짜리 상자를 소비하도록 하는 겁니다. 기업은 지금 대혼란 상황입니다. 생산 라인에서 작업자 한 사람이 있으면 다른 작업자가 없어 일을 못 합니다. 지난주에는 비행기 안에서 승무원들이 이륙 후에 두 시간짜리 상자를 열어서 승객 두 사람이 음료수대를 밀고 다녀야 하는 웃지 못할 사태가 벌어졌다더군요. 디스코텍 주인들 말에 따르면 손님들이 음악도 없이 춤을 춰야 한다더군요. 디제이들이 새벽마다 그렇게 T를 쓴답니다. 심지어 며칠 전에는 TV에서 촛불을 켜고 N을 방영했어요. 조명기사들이 구성작가 생일 파티에 참석하느라 두 시간짜리 상자를 썼다나요?”

정부 대표는 이런 탄원의 함의에 대해 깊이 생각해 보았고, 몇 초 후 말했다.

“국민들이 하루 중 같은 시간에 두 시간의 T를 사용하도록 의무화한다면 일일 근무시간의 단축으로 해석될 겁니다. 실은 그게 아니라 자유를 구매한 건데요. 사람들이 T를 사는 이유는 그 T가 자기 것이 되기 때문입니다. 자기 $로 산 상품을 언제 소비해야 할지 여러분이 결정하시겠다는 건가요? 그건 마치 모든 사람들이 하루 중 같은 시간에 커피를 마시도록 하는 것과 같아요. 말도 안 되지요. 저는 여러분에게 좀 다른 식으로 제안을 하겠습니다. 이 문제를 경제부 장관님에게 말씀드리겠습니다. 제가 여러분과 동의하는 부분은 자유주식회사라는 곳이 언젠가는 국가 경제에 심각한 위협이 될 수 있다는 점입니다. TC에게 제동을 걸어야 할 때가 오면 그

회사를 정부 소유로 하고, 적절한 T 판매 형태를 제안할 조치를 시행할 수 있도록 미리 준비해 놓겠습니다. 하지만 지금은 아직 더 기다려야 합니다. 제가 보기에 아직 그 순간은 오지 않았습니다."

회의는 해산되었고 정부 대표는 자유주식회사의 활동이 국가 경제에 부정적인 영향을 미치는 시점이 올 때 이 회사를 끝장낼 수 있는 계획을 구상하기 시작했다. 재계 인사들 앞에서는 TC를 변호하려고 노력했지만 실은 그도 회의 후에는 이만저만 우려가 큰 게 아니었다. 재계와 금융계에서 주장하듯 정말로 개입할 시점이 된 걸까?

한편 TC는 회동 장소에서 자신을 끝장내기 위한 음모가 벌어지는 줄 전혀 알지 못했다. 같은 시간 그는 자유주식회사의 거대한 공장 단지 남쪽에서 임원진을 만나기로 했다. 날은 더웠고, 바람이 약간 불어 생산 공장 저편에 있는 사막에 모래 먼지를 일으키고 있었다. 엔지니어 다섯 명과 DVD와 DP는 작열하는 태양 아래 서서 기다리고 있었다.

"왜 우리를 여기서 보자고 하셨지?"

플라스크&플라스크 출신의 엔지니어 한 명이 물었다.

TC는 공기를 들이마신 다음 지평선을 바라보면서 임원진에게 말했다.

"여러분들은 모두 이 울타리 뒤로 펼쳐진 공장 남쪽 부지에 땅을 파는 광경을 봤을 겁니다. 그리고 저 뒤쪽에 제 필생의 꿈이자 자유주식회사를 만들게 한 동력이 된 개미왕국의 부지를 짓고 있다는 것도 알고 계십니다."

보누 고개를 끄덕였다. 몇 주 동인이니 흙먼지만 일으키던 엄청난 대형 공사였다. 200대의 기중기가 땅을 파고 또 팠다. 마치 석유 채굴을 위한 굴착 공사라도 하는 듯했다. 공장 매점에서는 직원들이 세계 최대의 테마공원이 들어설 거라고 했다. 개미 5억만 마리가 들어갈 공간이라고들 예상했다.

"그건 아닙니다."

TC가 밝혔다.

"개미왕국은 실현될 테지만 이곳에 건설하지는 않을 겁니다. 저 부지가 품고 있는 건 개미 사육장이 아닙니다. 저기에는 T 포장을 위한 작업장 200개가 들어 있습니다. 그러니까 자명종 수십만 개를 갖춘 생산 라인이지요. 지난 4주 동안 엄청난 인원을 매일 투입해서 휴식도 중단도 없이 계속 T를 충전했어요. 실은 제가 우리의 T 생산 능력을 200배 늘린 겁니다. 우리에게 수백만 분分의 힘이 있다는 걸 말씀드리는 바입니다."

"그런데 그 T가 지금 다 어디 있는 겁니까?"

엔지니어 다섯 명이 이구동성으로 물었다.

"맞아요! 우리 공장에는 그런 용량의 창고가 없는데, 그러면 T가 어디에 보관돼 있습니까?"

DP가 물었다.

TC가 의기양양하게 대답했다.

"지하 저장고에 있습니다."

"저장고요?"

DVD가 의아한 듯 물었다.

"그렇습니다. 그래서 땅을 파도록 한 거지요. 수억 분을 보관할 수 있는 용량을 갖춘 수만 세제곱미터 규모의 지하 저장고를 건설했어요. 지금 이 순간 저장고들은 T로 꽉 차 있습니다. 내부에는 수백만 시간이 판매를 기다리고 있습니다."

임원진은 자기 귀를 의심했다. TC는 대체 그렇게 많은 T를 갖고 뭘 할 셈인가? 이들이 미처 질문할 시간도 없이 TC가 자기 뒤에 있던 포장을 가리키며 큰 소리로 웅변했다.

"우리 신상품을 발표합니다. 1주일짜리 패키지입니다!"

그리고 임원진에게 1주일의 T가 들어 있는 상당한 크기의 용기를 보여줬다.

1주일이라는 T의 구매로 얻을 수 있는 엄청난 이점을 깨닫고 임원진은 TC에게 박수를 보내고 기쁨에 겨워 환호성을 질렀다. TC는 진정 천재였다. 앞으로도 계속 성장할 거라고 공장 건설 당시에 말했듯, 이제 그 목표를 달성할 참이었다. 아이디어는 참신하기 그지없었다. 사람들은 5분짜리 플라스크를 두 시간짜리 상자로 대체했다. 1주일짜리 큐브를 선호하지 않을 리가 없었다.

첫 상품이 유통되기 전에 이 N이 거의 모든 매체를 통해 전해졌다.

《오늘─어떤 나라》
"자유주식회사, 1주일짜리 신제품 출시"
《절반의 진실》
"1주일짜리 큐브 가격, 한 달 월급의 4분의 1.
소비자들은 과연 이를 구매할 것인가?"
《우리 공정 언론》
"한계를 모르는 TC, 이제는 1주일 단위로 T팔기 원해"
《세상에 이런 일이》
"1주일짜리 큐브는 미친 짓이다. 너무 나간 TC."

하지만 미친 짓이 아니었다. 이미 T의 소비에 훈련된 어떤 나라의 국민들은 서로 앞다퉈 매달 1주일짜리 큐브를 사러 갔다. 수요는 매일 급증했고 자유주식회사는 기대치를 넘어선 주문 속도를 따라잡느라 애를 먹었다.

사람들은 월요일 아침에 출근해서 상사에게 1주일짜리 큐브를 내밀었다.

"다음 주 월요일까지 올게요. 1주일간 등산하러 가요."

아, 자유여! 누구도 감히 꿈꾸지 못했던 자유였다. 자유주식회사는 1주일짜리 큐브를 통해 수일의 T를 소비자에게 선사했다. 사람들은 자신의 T를 위해 사회가 인정하는 것보다 훨씬 더 큰 대가를 치러야 했다. 본래 제 것이었던 T를 회복하는 일은 사람들에게 그토록 절실했다.

하지만 혼란에 빠진 기업들은 급기야 폭발하고 말았다. 누구나 예고도 없이 1주일 동안 자리를 비울 수 있다는 사실이 기업에 어떤 의미인지 상상하기란 어렵지 않았다. 1주일짜리 큐브가 출시된 지 며칠밖에 되지 않았는데 어떤 나라의 국민 모두가 매월 1주일의 T를 구매한다면 어떻게 될까? 나라가 제대로 돌아갈 수 있을까? 이런 일이 발생한다면 자유주식회사가 운용하는 $는 전 국민의 월급 전체의 4분의 1이될 터였다. TC가 이 나라 국내총생산GDP의 4분의 1을 좌우하게 된다면 정부나, 전국의 은행들을 모두 합친 것보다 더욱 강력해질 터였다.

하지만 이런 날은 오지 않을 것이다. 은행도, 기업도, 정부도 이를 허용할 용의가 없었다. 자유주식회사의 발을 묶어놓을 때가 왔다. 이제는 너무 멀리 왔다. 재계와 금융계 인사들과 함께 비밀 회동을 했던 정부 대표는 어떤 나라의 경제부 장관에게 이제 정부에서 자유주식회사를 몰수할 때가 되었다며 설득을 했다.

"장관님, 얼마 전부터 누 시산싸리 T가 담긴 상자의 판매가 문제를 일으키기 시작했습니다만 이제는 사태가 너무나 심각해졌습니다. 1주일짜리 큐브의 출시 이후로 기업의 수익성이 무너지기 시작했습니다. 공장이며 상가, 서비스업 등을 막론하고 전국의 기업이란 기업은 생산성 급락 현상을 보이고 있습니다. 예전에는 더 많은 인원을 배치해서 직원의 부재를 커버할 수 있었지만 이제는 실업 자체가 존재하지 않는 상태입니다…. 끔찍한 일이지요! 고용할 사람이 없으니 더 이상 가용 노동력이 없습니다!"

대표는 이렇게 덧붙였다.

"게다가 문제는 거기서 그치지 않습니다. 1주일의 T를 사는 사람은 월말이면 전보다 25퍼센트가 깎인 급여를 받게 됩니다. 국민 구매력의 엄청난 감소를 초래하게 되지요."

장관은 심각한 표정을 했다. 대표는 말을 이어갔다.

"그뿐이 아닙니다. 1주일짜리 큐브는 은행에도 피해를 입히고 있습니다. 국민들이 받은 월급이 줄어들기 때문에 은행 계좌의 잔고도 비어가고 있습니다. 은행들의 잔고는 절반으로 줄었습니다. 국민들은 예전의 절반밖에 안 되는 은행 잔고로 생활하고 있습니다. 국민들의 소득이 충분하지 못하면 융자금이고 대출금이고 갚을 수가 없습니다. 금융권은 국민들에게 $를 빌려주고, 국민들은 자신의 T를 전적으로 일하는 데 투자해야 체제가 돌아갑니다. 국민들은 자기 T의 주인이 될 수 없습니다. 그렇게 되면 우리는 모두 파멸입니다! 심각한 위험입니다! 자유주식회사는 자유 T가 많으면 그다지 많은 상품을 소비할 필요가 없다는 걸 국민들에게 알게 했습니다. 국민들은 이제 소비를 하지 않도록 유도되고 있습니다!"

정부 대표는 국가가 처한 문제들을 요약했다.

"결국 이제 가용 노동력이 없고, 태업과 유사한 행태가 증가 일로에 있으며, 국민들의 은행 잔고는 줄어가고, 국민들의 월급도 삭감되면서 비非소비 문화가 정착되고 있습니다. 재앙이 아닐 수 없지요! 달리 말하면 앞으로 몇 달 안에 국내 총생산이 30퍼센트 떨어질 겁니다. 나라가 붕괴되고 있습니다! 기업의 수익성이 떨어지면 국고도 줄어들고 군대를 유지하기도 어려워져 해외에 있는 우리나라 영토의 다른 지역들까지 모두 위험에 처하게 될 겁니다. 그런 비상시에 국고가 비어 있다면 우리나라는 취약해질 테니 외국의 침략을 받기도 쉽습니다.

경제부 장관은 대표에게 말했다.

"하지만 T의 판매를 금지할 수는 없네. 그렇게 된다면 대중 폭동이 일어날 거야. 우리는 국민들이 원하는 건 뭐든지 살 수 있는 자유 교역 사회에 살고 있지 않은가? 거기에 T도 예외일 수 없지 않나. 이제 와서 후퇴할 수는 없다네. 어떻게 하면 좋겠나?"

다행히 대표는 이미 무시무시한 계획을 다 세워놓은 상태였다.

"제게 자유주식회사를 끝장낼 아이디어가 있습니다. 합법적으로 몰수할 수 있습니다."

"어떤?"

장관이 물었다.

"제보자들에 따르면 TC가 지하 저장고를 짓고 거기에 수십억 분에 해당하는 T를 이미 비축해 두었답니다. 이 생산량 모두가 앞으로 1주일짜리 큐브에 대한 수요를 충당하기 위한 것이랍니다. 이 T에 대해 유통기한을 지정한다면 자유주식회사는 그 수십억 분을 팔 T가 없게 될 겁니다. T의 유통기한을 지정하는 법률을 공포해야 합니다. 그렇게 되면 자유주식회사는 저장고에 보관 중인 T를 판매할 수 없을 테고 직원 봉급은 물론 회사 확장에 썼던 은행 대출금조차 갚지 못할 겁니다. 그러면 채무불이행으로 고소를 당할 테고, 그렇게 되면 자유주식회사는 정부의 즉각 개입이 정당할 정도의 지급유예 사태를 맞게 될 겁니다. 그렇게 되면 몰수할 근거가 생기는 거지요. 정부에서 회사를 소유하게 되는 겁니다. 자유주식회사는 정부의 손에 들어오고, 그때가 되면 상황을 전면 통제할 수 있게 됩니다."

그의 책략은 엄청난 권모술수였다. 경제부 장관은 미소를 지었다.

"동의하네. 포장된 T에 유효기간을 지정하고 그 기간이 지나면 유효성이 만료되도록 하는 규정을 당장 마련하게. 우유나 치즈, 육류처럼 포장 용기에 든 T도 유통기한이 지나면 못 쓰도록 하자고. 이걸로 끝장일세. TC의 유동성을 아예 말려버리는 거야. 2주 안에 부도가 나도록 하세나."

돈으로 자유를 살 마지막 기회!

실제로, 어떤 나라의 공식 일간지는 이런 법령을 공포했다.

"포장 용기에 든 T의 유통기한은 2주일로 한다. 유통기한이 만료된 용기는 열 수도, 소비할 수도 없다. 그러나 유통기한 전에 T가든 용기를 열었다면 소비자는 용기에 든 T의 용량에 관계없이 T를소비할 수 있다."

이 새로운 규정은 자유주식회사에 미사일 폭격과 같았다. 이 법은 소비자에게는 T의 소비를 규제하지 않으면서 자유주식회사에는 판매할 수 있는 기한을 제한했다.

TC는 그 기사를 읽었을 때 거의 기절할 뻔했다. 처음에는 머리가 다소 어지럽더니 그다음에는 비틀거리며 의자에 털썩 주저앉았다. 눈에서는 이내 여기저기로 불꽃이 튀더니 식은땀이 흘러 의식을 되찾았다.

끝이었다. TC는 알았다. 저장고에 저장되어 있는 수십억 분은 앞으로 15일 안에 유효기간이 만료될 터였다. 미리 생산해 둔 엄청난 양의 T는 이제 갓 1주일짜리 큐브를 소비하기 시작한 국민들의 미래 수요를 충당하기 위한 것이었다. 이 모든 T가 이제 만료될 참이었다. 저장고에서 잠자고 있는 T가 빛을 볼 수 없다면 직원들 급여도 주지 못하고, 새 충전 공장을 건설하느라 은행에서 낸 대출금도 갚지 못할 터였다.

결국 15일 후면 모든 게 끝장이었다. 확실했다. 어찌해 볼 도리가 없었다. 정부가 그를 끝장내기로 결정한 것이다. TC는 이미 너무나 위험한 인물이 되었다. 자유주식회사는 이제 수명이 며칠밖에 남지 않았다. 말 그대로 파산이었다. 그의 제국은 모래성처럼 무너져버렸다. 개미왕국도, 적두개미도 모두 산산조각이 났고, 모든 게 갈 길을 잃었다!

TC는 거의 만신창이가 되었다. 그 많은 노력이, 그 자신을 빼고는 아무도 믿지 않았던 그 많은 아이디어와 그 큰 위험과 엄청난 투자, 대담성… 모두 정부에 의해 짓밟혔다. 중요한 인물이 된다는 건 위험한 일이었다.

그는 임원진을 회의실에 불러 모았다. 이들 역시 모두

맥이 빠졌다. 소문은 삽시간에 공장 전체에 퍼졌고 모두 궁지에 몰렸다. TC는 임원진에게 해결책을 제시해 보라고 했지만 아무도 해결책을 내놓지 못했다. 할 수 있는 일이 아무것도 없기 때문이었다. 정부는 이들 모두를 공격하는 계략을 꾸몄고 성공했다. DVD는 지평선을 멍하니 바라보면서 한숨을 내쉬었다.

"T가 너무 많아⋯."

엔지니어들 중 한 사람이 답했다.

"어, 그러면 우리가 갖고 있는 수십억 분을 인구수 수백만으로 나누면⋯ 그게 바로 두당 남아도는 T가 되네요."

누군가 그런 산술 계산을 할 엄두를 내기도 전에 TC가 외쳤다.

"바로 그거야! 그게 해결책이야! 저장고에 있는 T의 유효성이 15일 안에 만료된다면 그걸 팔아서 유통기한 내에 열어 당장 소비하도록 하면 돼. 새 규정은 유통기한 전에만 용기를 열면 안에 들어 있는 T의 용량에 관계없이 소비할 권리가 있다고 분명히 규정하고 있어. 그러니까 문제는 저장되어 있는 분의 수를 인구수로 나누고, 국민들이 법이 정한 15일 안에 용기를 열도록 하면 되는 거야. 그러면⋯. 계산기! 빨리 계산기를 줘보게."

TC는 몇 초 만에 나누기를 했다.

"35년, 35년이야! 15일 안에 국민 각자에게 35년씩 T를 팔 수 있다면 저장고에 보관 중인 T는 모두 빛을 볼 수 있어! 회사를 살릴 수 있다고!"

임원진은 자기 귀를 의심했다.

"하지만…. 어떻게? 어떤 용기에 그 많은 T를 담죠?"

DVD가 물었다.

"글쎄, 컨테이너나…. 비로 그거야! 35년짜리 컨테이너! 모두 서둘러 줘요! 전국의 업체를 뒤져서 컨테이너를 구매하세요!"

DVD는 또 다른 심기 불편한 질문을 했다.

"잠깐, 잠깐만 기다려 봐, TC. 이건 정말 미친 짓이야. 사람들에게 그 많은 $를 어떻게 받겠나? 국민들이 아직 일해서 봉급을 받지도 않았는데 35년이나 되는 T의 값을 어떻게 내겠느냐고?"

하지만 답은 간단했다. 이 책의 C1에서 TC는 정확히 지금과 똑같은 상황에 처한 적이 있었다. 그는 32평, 아니 24평의 아파트를 아직 일해서 받지도 않은 35년치 봉급으로 산 적이 있었다. 이렇게 해결책은 분명했다.

"무슨 말 하는 건지 알겠어요, DVD. 우리의 평상시 가격으로는 아무도 35년이나 되는 T의 값을 치를 수 없겠죠. 필요한 만큼 가격을 내려야겠죠. 반면에, 부자들만이 컨테이너를 살 구매력이 있을 텐데 부자들이야말로 이미 T가 충분한 사람들이죠. 이건 다 잃든지 아니면 다 따는 게임입니다, 여러분. 각 소비자가 낼 수 있는 총자산을 제품에 대한 대가로 허용하고 컨테이너를 인도해야 합니다. 아파트나… 가진 것 모두, 포기할 수 있는 것 모두로 가격을 치르는 걸 허용해야 해요. 정부에게 이기느냐의 문제입니다. 그러려면 우리가 전부 다 소유해야 하죠. 국민들의 부동산을 받아서 그걸 파는 거야. 부동산 매각으로 생기는 액수로 채무를 변제하고요. 이젠 가격이 적절한지가 문제가 아니라 국민들이 우리에게 넘길 수 있는 모든 걸 활용하는 게 문제입니다. 집까지 말이죠."

엔지니어 한 사람이 물었다.

"그러면 사람들은 어디서 살죠? 뭘 해 먹고 사나요?"

"글쎄, 사람들이 스스로 사용할 수 있는 T가 그렇게 많아지면 시골이나 텐트, 공원 등에 가서 살지 않을까? 그건 모르겠지만… 사람들이 남은 T를 모두 사리라는 건 확신해. 사람들은 자기가 팔아버린 T를 회복해야 하거든. 아마도 새로운 경제체제가 들어서겠지…."

DP가 끼어들었다.

"난 모르겠어, 모르겠다고…. 이 상품을 어떻게 유통시킬 건가? 컨테이너가 들어갈 만한 상점은 없을 텐데 말야."

하지만 TC는 모든 것에 대한 해답을 갖고 있었다.

"좋은 질문이야. 아예 이번에 재래식 유통망을 포기하는 거야. 컨테이너에 든 T를 유통시킬 실질적인 T가 없어. 국민들에게 전화로 주문을 받아서 컨테이너를 집으로 배송하는 거야. 생산 라인의 작업자들을 모두 철수히고 두 작업장에 책상과 의자를 설치해서, 이들에게 무선전화기를 구비해 준 다음 중앙 콜센터에서 걸려오는 전화를 돌려주면 돼."

DP는 다른 질문도 던졌다.

"하지만… 어떤 사람이 35년을 구매하기 위해서 우리에게 자기 아파트를 양도하면 우리가 그 사람을 자기 집에서 쫓아내야 한다는 말인가?"

"뭐 말하자면 그렇지만…. 유동성을 확보하기 위해서 집을 팔아야 할 경우에만 그렇게 하는 거죠. 사람들이 우리에게 양도하는 부동산의 대출금 상환 청구서를 은행들이 우리에게 넘길 거란 걸 생각해 보세요. 하지만…. 이제 나한테 질문 좀 그만하세요! 질문에 답해야 하는 건 여러분이잖아요…. 이제 각자 자리로 돌아가세요! T가 별로 없습니다. 15일 이내에 저장고에 보관 중인 수백만 분이 만료된단 말입니다!"

정부가 TC에게 던진 음모에서 그를 구해줄 상품을 출시하게 된 과정은 바로 이랬다. 분명한 건 상황이 그에 의해 좌우되었다면 그토록 많은 T를 충전한 용기를 내놓을 필요도 없었다는 거였다. 하지만 다른 대책이 없었다. 게다가 이제 그는 $가 그렇게 많다면 무엇이든 마음대로 할 수 있다는 걸 알았다. 물론 개미왕국은 이 새 상품의 출시로 얻게 될 $로 할 수 있는 것에 비하면 아주 작은 프로젝트에 불과했다.

TC는 관계 당국의 허를 찔렀다. 하지만 어떻게 그를 달리 저지할 수가 있었을까? 35년이 든 컨테이너의 출시와 판매는 규정을 온전히 준수하고 있었고 법의 모든 요건을 엄격하게 충족시켰다. 전날 발표된 T의 만료 규정까지도!

다음 날, 업소에 T를 사러 간 사람들은 T가 든 용기가 하나도 없다는 걸 알게 되었다. 상점, 술집, 음식점, 가게, 쇼핑몰 등 어디고 같은 안내문이 걸려 있을 뿐이었다.

T를 구매하시려면 자유주식회사에 직접 연락하시기 바랍니다.
전화: 999 555 444 333
금일부터 T 판매 방식은 전화 주문을 통한 본사 직접 판매로 바뀝니다.

컨테이너 판매를 시작한 첫날 중앙 콜센터의 전화벨은 아침 8시부터 울려댔고 8시 30분에는 거의 김이 날 지경이었다.

35년짜리 신상품은 5분짜리 플라스크, 두 시간짜리 상자, 1주일짜리 큐브와 마찬가지로 다시 한번 큰 성공을 거뒀다.

사람들은 35년의 T를 사기 위해 아파트며, 온갖 종류의 부동산 문서를 자유주식회사에 바쳤다. 막상 누릴 수 있는 순간이 되었을 때 인생의 T가 남아 있지 않다면, 35년 동안 $를 절약하면 뭘 하는가? 자유로워지기 위해서는 가진 걸 모두 자유주식회사에 주어야 했다.

회사가 부동산을 접수하게 되면서 지하 저장고에서 T를 출고하기 시작했다. 저장고에서 나온 정확히 35년의 T가 플라스틱 컨테이너에 채워졌고, 전화로 T를 구매하고 이제 직장으로 돌아가지 않을 고객들에게 배송되었다. 당연하게도 이들의 T는 이제 전적으로 자신에게 귀속되었다.

한편 기업들은 35년 동안 자리를 비울 직원들을 대체하기 위해 더 많은 인력을 채용해야 했다. 하지만 이제는 채용 공고에 응하는 사람도 없었다. 사람들은 모두 35년짜리 컨테이너를 구매했고 이제는 자신을 위한 T 말고는 전혀 T가 없었다. 국민 모두가 35년이 지날 때까지 일을 하지 않겠다고 한다면 일국의 생산 활동이 어떻게 지속되겠는가?

TC는 여러 은행들의 $ 청구 요청을 스스로 처리했다. 은행들은 자사에서 대출금을 빌려준 부동산의 명의가 변경되었다는 통지를 받으면서 대출금 상환 청구서를 자유주식회사로 보냈다. 자유주식회사는 당장은 유동성이 있어서 정시에 대출금을 상환할 수 있었다. 이를 위해서 자유주식회사 종업원 상당수는 이제 불필요하게 된 충전 작업을 그만두고 명실공히 부동산 중개업자로 부동산 판매에 나서야 했다. 자유주식회사의 재산에 계속 추가되는 자산에서 대출금 상환을 위한 유동성은 상당 부분 이런 식으로 마련되었다.

일은 급속도로 빨리 돌아갔다. 주문을 받으면 컨테이너를 제공했고, 그런 다음에는 거액의 은행 청구서가 뒤따랐으며, 이를 갚기 위해 아파트를 여러 채 팔아야 했다.

일은 TC가 계획한 대로 진행되었다.

하지만 14일이 지나자, TC가 전국에 파견한 부동산 판매원들에게서 불안스러운 전화가 걸려오기 시작했다.

"아무도 아파트를 사지 않아요!"

한 판매원이 말했다.

"아파트를 사겠다는 전화가 없어요! 무슨 일이죠?"

다른 판매원이 안타까워했다.

"왜 이제 점포들이 팔리지 않죠?"

다른 판매원이 긴장감을 감추지 못한 채 물었다.

그건 심각한 문제였다. 아파트가 팔리지 않으면 이제 자유주식회사의 소유가 된 부동산 융자금을 은행에 갚을 유동성이 없어지기 때문이었다. 지금 벌어지고 있는 일의 이유는 간단했다. 35년짜리 컨테이너를 출시한 다음 첫 며칠 동안은 이 신상품을 사는 사람이 그다지 많지 않았다. 그래서 아직 이 상품을 사지 않은 다른 사람들은 자유주식회사가 판매하는 아파트를 살 수 있었다. 그때까지 TC는 큰 어려움 없이 부동산을 팔 수 있었다. 하지만 점점 더 많은 컨테이너를 팔게 되면서 주택을 구매할 능력이 되는 사람은 점점 더 줄어들었다.

왜 그랬을까? 아파트를 사려면 일단은 융자를 신청해야 했다. 또 융자금을 갚기 위해서는 매달 일정액의 상환금을 불입해야 했다. 상환을 하려면 일을 할 T가 필요했다. 하지만 이제는 거의 온 국민이 35년짜리 T 컨테이너를 산 후였다. 그건 어떤 의미일까? 일하러 갈 T가 있는 사람들이 이제 없다는 뜻이었다…. T야말로 사람들이 구매한 것이었지만 이번에는 자신에게 쓰기 위한 T였다. 주택 융자금을 감당할 수 있는 사람이 이제 아무도 없었다. 바로 이게 사람들이 이제 아파트 매매 공고에 응하지 않는 이유였다.

결국 자유주식회사는 큰 문제에 직면했다. 주문 전화는 그칠 줄 몰랐고, T는 계속 지하 저장고에서 출고되어 주문자에게 배송되었다. 그리고 은행들은 계속 융자해 준 대출금에 대한 월정액을 상환하라고 종용했다. 하지만 자유주식회사에는 이제 월정액을 상환할 유동성이 없었다. 어디서 구할 수도 없었다. 반면에 판매한 T에 대한 대가로 받은 아파트만 수도 없이 쌓여갔다. 주문 전화가 한 통 올 때마다 아파트 한 채씩, 자유주식회사의 자산은 그렇게 늘어만 갔다. 하지만 그런 자산은 모두 유동성이 없었다. 이제 아무도, 그 누구도 살 수 없는 부동산일 뿐이었다.

"$가 급히 필요해요. 어쩌죠?"

무선전화기를 갖추고 컨테이너 주문 전화를 받던 공장 작업실에서 절망에 빠진 TC가 DVD에게 물었다. DVD는 넥타이는 풀어지고 셔츠에 단추도 제대로 채우지 않은 피폐한 몰골로 땀을 뻘뻘 흘리고 있었다. TC는 모든 게 허물어지고 있다는 걸 눈치챘다. 그리고 불현듯 자신이 1929년 미국 주가 폭락 당시 주식 중개인처럼 느껴졌다.

"소비자들에게 T를 더 많이 팝시다."

TC는 이렇게 제안하면서도 이제 그건 불가능한 일이라는 걸 의식했다.

게다가 더 이상 팔 T도 없었다. T도 이제 다 떨어졌다. T를 더 생산한다 해도, 소비되지 않을 터였다. 사람들은 여생 동안 그들에게 남은 거의 모든 T를 사버렸다. T 시장은 이제 고갈되었다. 수요는 시장이 감당할 수 있는 능력의 최대치에 도달했다. 이제 정말 T가 남지 않았다! 흥미롭게도, TC가 창업할 때 사용했던, 'T가 얼마 남지 않았다'는 광고 문구가 현실이 되었다. T가 정말 고갈되어 버렸다. 어떤 사람에게도 더 많은 T를 판매하는 게 불가능해졌다.

자유주식회사의 작업장에는 갑자기 침묵이 감돌았다. 신기하게도 전화벨이 뚝 그쳤다. 왜냐고? 사실상 어떤 나라의 국민 모두가 벌써 35년짜리 컨테이너를 샀던 것이다. 지하 저장고는 이제 완전히 텅텅 비었다. T의 유효기간에 관한 법이 공포된 지 15일째 되는 날이었고, TC는 국민 거의 모두가 35년짜리 컨테이너를 구매하도록 해서 지하 저장고에 보관 중이던 T의 재고를 모두 소진하는 데 성공했다.

지금 이 순간, 자유주식회사는 사실상 전국 모든 자산의 소유주였다. 하지만 유동성은 전혀 없었고, 당연하게도 $ 유동성은 부동산보다 더 빨리 소진되었다. 뭘 해야 할까?

주문 전화가 뚝 끊어진 만큼 지급을 요청하는 전화는 불이 났다. 은행들에서는 요 며칠 사이 들어와야 할 상환금이 끊어진 걸 알아차렸다. 빚 독촉은 점점 더 심해졌다. 하지만 자유주식회사의 은행 잔고에는 단 1$도 남아 있지 않았다.

35년짜리 컨테이너의 판매는 소비에서부터 혁명을 가져왔다. 그건 소리 없는 혁명이었다. T의 소비는 재화와 용역 또는 상품과 서비스의 소비에 종말을 가져왔다. 무슨 일이 일어난 걸까? T의 소비는 과연 미친 짓이었을까? 바보짓이었을까? 아니, 그건 아니었다.

어떤 나라의 국민들은 다른 사람들이 아파트를 갖다 바

칠 때 이미 눈치채고 있었다. 부동산 시장이 붕괴할 것이며, 그렇다 해도 아무도 자기 집에서 자신을 내쫓을 수는 없으리라는 걸 알았다. 온 국민을 자기 집에서 내쫓는 일은 불가능했다. 누가 그런 일을 할 수 있는가?

하지만 더욱 심오한 다른 이유가 있었다. 사람들은 부동산 자산을 포기하고 주택 담보대출을 자유주식회사에 넘겨서라도 35년짜리 컨테이너를 최대한 빠른 시일 내에 손에 넣어야 했다. 왜 그랬을까? 다른 사람들이 모두 그렇게 하고 있었고, 누구나 그 대열에 동참해야 했기 때문이다. 모든 경제 체제에서 다른 사람들 대부분이 원하는 건 나도 가져야 하고, 아무도 원치 않는 건 버려야 하는 법이다. 그거야말로 한 사람의 소유물이 지닌 가치를 유일하게 보전하는 방식이었다.

어떤 나라에서 T가 든 컨테이너는 며칠 안에 사회에서 인정받는 유일한 대안 가치가 되었다. 다른 모든 것은 가치가 없었고 원하는 이도 없었다. 부동산이 곧 가치가 급락할 자산이 되리라는 점을 직감하기란 쉬웠고, 사람들은 가능한 한 빠른 시일 내에 처분하고 싶어 했다. 그리고 일은 바로 그렇게 진행되었다. 아무도 아파트나 $를 원치 않았고 그저 T가 든 컨테이너만을 원했다. 그토록 많은 사람들이 아파트를 갖다 바친 진정한 동기는 바로 이거였다.

체제는 붕괴되고 있었고, 공업은 허물어져 버렸다. 경

제는 무너졌다. 유동성이라고는 전혀 없었다. 노동력도 없었다. 모두 35년의 T를 샀기에 아무도 일하러 가지 않았다. 아무도 소득이 없었기에 수요도 사라져 버렸다. 공급도 없었다. 노동자들이 없는 기업은 생산성이 제로였기 때문이다…. 자유주식회사만이 아니라 국민 전체가, 전국이 채무 불능 상태가 되었다.

TC는 아파트 주차장 구석에서 충전한 5분짜리 플라스크, 그다음에는 두 시간짜리 상자, 그다음으로는 1주일짜리 큐브, 그리고 뒤이어 35년짜리 컨테이너로 세계에서 가장 선진국이었던 나라의 지배적인 자유 경제체제를 무너뜨리고 끝장내 버렸다.

재계에서는 상황을 분석하기 위해 회동을 가졌다. 이들은 아직 T가 있을 때 정부에 경고했다. 하지만 정부에서는 말을 듣지 않았다. 재계에서는 아직 두 시간짜리 상자를 팔 때, 아직 상황의 방향 전환이 가능했을 때 정부에 더 압력을 넣지 않았던 걸 한탄했다. 국민들은 이제 자기 T의 주인이었고 어떤 해결책도 없었다.

주요 은행의 총재들도 빠져나갈 구멍이 없기는 마찬가지였다. 이제 은행에서 아무 가치도 없어진 부동산을 회수하려면 자유주식회사에 대한 차압은 T의 문제일 뿐이었다. 은행에서 공여한 신용의 최종 담보물인 저 많은 아파트를 누가 사겠는가? 금융기관에서는 어떤 나라 국민들이 주택 구입을 하도록 수백만 $를 빌려줬다. 그런데 이 주택들은 이제 아무 가치도 없었다. 그러므로 은행들은 $를 모두 잃고 말았다. 이 제 그 $를 어디에 청구한단 말인가?

이렇든 혼돈은 극심했고, 어떤 나라의 대통령은 해외 순방을 포기하고 급히 귀국해야만 했다. 관저의 회의실에 들어서자 이른바 '비상 내각'을 구성하는 경제부 장관과 주요 정부 각료들, 그리고 군부 요인들이 이미 대통령을 기다리고 있었다. 비상 내각은 위기 상황에만 소집되는데, 지금이 바로 그런 시기였다. 회의실의 조명은 어두웠고, 정치인, 고위 공무원과 군부 인사들은 모두 침묵을 지켰다. 영영 끝나지 않을 것 같던 몇 분 후, 침묵이 깨졌다.

"상황이 정말 심각합니다."

대통령이 입을 열었다.

"보고받은 바에 따르면 아무도 일터로 가지 않고 기업은 활동이 중단되고 은행은 도산하고 있는데 이 모든 게 저 멍청한 TC라는 작자 때문이랍니다. 그의 활동을 오래전에 중단시켰어야 했는데…. 그런데 이 자는 우리보다 더 발 빠르게 행동했습니다. 처음에는 무해한, 심지어 사회에 유익하기까지 한 5분짜리 플라스크로 시작했지요. 이 자는 대체 무슨 꿍꿍이가 있는 겁니까? 듣자 하니 적두개미 때문이라던데요.

한낱 개미 때문에 온 나라가 시금 이 꼴이 됐다는 겁니까? 하느님 맙소사…! 자유주식회사에 개입할 때가 됐다는 데 모두 이의가 없으시리라고 봅니다. 오늘 당장 차압에 들어가겠습니다. 이건 국가 안보가 걸린 문제입니다. 이뿐만 아니라 그 자는 채무도 변제하지 못하고 있잖습니까. 지금 연체된 채무가 수조 $에 달합니다."

"개입의 당위성에는 이론의 여지가 없습니다."

경제부 장관이 말했다.

"실은 벌써 보안 요원들을 그의 자택으로 보냈습니다. 국외로 도피하면 안 되니까요. 대통령께서 검거를 승인하시기만 기다리고 있었습니다. 재판에 회부해 처벌하도록 하겠습니다."

"더 기다릴 것도 없소. 정부 수반으로서 자유주식회사 개입과 그 자의 기소를 명령하겠소. 온 세상 사람들이 말하는 그 보통 남자(TC)인지 뭔지를 끝장내고 말겠소. 공기뿐인 빈 통 따위로 우리나라를 이 꼴로 만든 그 자를 매장시키고 말테요. 세상에! 대체 우리가 얼마나 바보였던 거요? 일이 이렇게 될 줄 어찌 몰랐단 말이오?"

대통령령이 내려지자마자 안보 요원들은 자유주식회사를 봉쇄했다. 그리고 곧이어 TC를 검거하고 경찰차에 태웠다. 그는 국가 반역 혐의로 기소되어 군사재판을 받을 터였다.

누구도
시간을
빚지지
않았
습니다

1주일 후

"고장으로 시설이 상당 부분 훼손되었고 정전은 꽤 오래 지속될 수도 있습니다. 죄송합니다. 심장마비를 유발하려면 충분한 전력이 있어야 하는데 비상 전기 시스템만으로는 전력이 부족할 수 있습니다."

간수장의 설명은 그 고장이 TC의 사면과 관계가 있을 가능성을 배제할 정도로 충분히 웅변적이었다. 이미 상상할 수 있는 일이었다. 대통령에게 상황에 대한 해결책을 제시하지 않는 한 확정된 사형 선고를 감형받기는 어려웠다. 하지만… 이제 T가 남지 않았는데 어떤 가능성이 존재할까? 가능성은 없었다. 아무리 문제를 살펴봐도 아무런 생각도 떠오르지 않았다. 재판은 전광석화처럼 빠르게 진행되었다. 어떤 나라가 처한 비상사태로 말미암아 민사가 아니라 군사재판으로 선고를 받았기 때문이었다. 법정에서는 TC를 국가에 대한 대역죄인으로 생각했다. 나라는 이미 절대 파산 상태에 놓여 있었다. 사형이 언도되었고 즉각 집행령이 떨어졌다.

비상 전기 시스템으로 공급되는 조명은 약하긴 했지만 충분했다. 전기가 어느 정도는 있다는 뜻이었으므로 TC는 이미 자기 운명에 대해 실낱같은 희망조차 포기했다. 모든 게 빨리 끝나기만 바라던 그는 먼저 이렇게 제안했다.

"전기의자에 앉을 테니 전기를 한번 흘려보는 게 어떻습니까? 시도해 봐서 나쁠 건 없잖습니까?"

"안 됩니다."

신부가 말했다. 교도소에서 사형수들의 마지막 순간에 함께 기도하도록 보낸 사람이었다.

"불충분한 전기를 보내면 끔찍한 마비가 와서, 최선의 경우라 해도 그 끔찍한 상태로 10년 동안 서서히 죽어가는 일이 발생할 수 있습니다."

"그렇군요."

TC는 고집을 부렸다.

"마비가 온다 해도 몇 번 더 시도해 보면 되지 않겠습니까? 전기의자에 대해서는 잘 모르긴 해도, 결국은 죽지 않겠습니까? 안 그래요?"

"아니, 안 됩니다. 마비된 사람은 전기의자로 사형을 시킬 수가 없어요. 우리나라에서는 마비 상태의 죄수 사형은 극력 반대합니다. 상상이 가십니까? 그런 잔혹한 일이 어디 있습니까?"

신부는 극구 반대하며 대답했다.

"그렇죠, 물론이죠…. 제가 어떻게 그런 제안을 했는지 모르겠군요. 죄송합니다, 여러분. 그런 말을 하는 저를 어떻게 생각하실지 모르겠군요…."

TC는 다리가 저려서 전기의자에 걸터앉기로 했다. 의자 양쪽에 몸을 고정시키는 벨트가 있었고, 얼굴에 뒤집어씌우는 어두운색 복면이 신부의 사제복과 함께 걸려 있었다. 한편 간수는 시계만 쳐다봤다.

"결국 경기는 놓치겠군. 누가 이길 거 같아요? 내기합시다."

간수가 TC에게 물었다.

"운동 경기도 중단된 줄 알았는데요…."

TC는 심드렁하게 대답했다.

"대부분 그렇죠. 당신이 그걸 판매한 후부터…. 하지만 오늘 경기는 해요."

간수는 금속 의자에서 일어나 마지막으로 시계를 본 지 2분쯤 지났을 뿐인데도 시계를 한 번 더 쳐다봤다. 모두

들 기다리는 시간을 지루해했다. 하지만 사형 집행실에 들어간 다음에는 다음 사형 집행 일시를 정하기 전에 적어도 네 시간을 기다려야 한다는 규정이 있었다. 대통령만이 TC를 살릴 수 있었지만 그럴 리는 없었다. 간수는 TC에게 다시 말을 걸었다.

"책 한 권 보시겠소?"

"뭐, 짧은 책이라면 줘보시죠. 긴 책이라면 다 읽을 T가 없으니 결말을 모른 채 이 세상을 떠나야 할 테니까요."

"『어린 왕자』괜찮아요?"

간수가 제안했다.

"안 읽어봤는데 항상 읽어보고 싶긴 했어요. 다 읽을 T가 있을까요?"

"그런 거 같은데요…."

신부에게 눈으로 물으며 간수가 말했다.

"예, T는 충분합니다."

사제는 자신이 한 말에 다소 언짢아하며 답했다.

TC는 사제가 간수의 선택이 마음에 들지 않았는지, 아니면 지금 기도로 생의 마지막 시간을 보내고 있지 않다는 사실이 마음에 걸렸는지 확신할 수가 없었다. 사실, TC는 참회할 것도 없었고 천국에 갈지 여부는 이미 오래전에 결정되어 있었다.

간수는 책을 가지러 갔다. 신부와 TC 단둘이 남게 되었다. 그러자 신부는 그에게 물었다.

"왜? 왜 그러셨습니까?"

눈을 들어 신부의 눈을 보려던 TC는 그의 사제복 왼쪽 주머니에서 원통 모양의 무엇인가가 불거져 나와 있는 걸 보았다. 그게 무엇인지는 바로 알 수 있었다. 5분짜리 플라스크였다. TC는 신부의 생각을 읽었고, 사제는 얼굴이 붉어진 채 눈을 돌렸다.

그 순간, TC의 오른쪽 벽에 걸려 있던 전화가 울렸다. 신부도 TC도 어찌할 바를 몰랐다. 간수는 아직 돌아오지 않았다. 약 15초가 끝도 없는 듯 느껴지며 흘렀다. 전화는 계속 울렸다. TC는 사면에 관한 전화일 수도 있다고 생각하고 전기의자에서 일어나 전화기로 가서 수화기를 들었다.

"여보세요?"

"제2번 사형실입니까? 대통령을 바꿔드리겠습니다."

전화선 저편에서 어떤 목소리가 말했다.

"사형수와 직접 통화하고 싶어 하십니다. 대통령께서는 합의점을 찾고자 하십니다."

사제는 의아한 눈길로 TC를 보았고 자기가 수화기를 받을까 하는 시늉을 했다. TC는 자신을 찾는 전화라는 몸짓을 했다. 신부는 자기 자리로 돌아가 주머니에 들어 있던 5분짜리 플라스크를 감췄다. TC는 전화가 연결되었다는 신호음을 들었다.

바로 그때 간수가 『어린 왕자』를 손에 들고 들어왔다.

"사면인가요?"

"모르겠어요."

신부가 대답했다.

TC는 다시 수화기에 집중했다.

"당신이 TC요?"

"네, 접니다."

심장이 마구 뛰었다.

"나는 이 나라 대통령이오."

둘은 잠시 침묵을 지켰다. 감형과 관계가 있는 전화라는 걸 알고 있었다. 그 몇 초는 영원과 같았다. 하지만 TC는 대통령이 먼저 이야기를 꺼낼 때까지 기다려야 했다.

"할 말이 있소. 잘 들으시오."

TC는 귀를 쫑긋 세우고 대통령의 다음 말을 들었다.

"발라, 벅스, 라르고, 헤니오, 아스트롤라비오, 헤일리, 토토, 트루에노, 테소로, 그리고 네르비오."

그다음에는 침묵을 지켰다. 대통령은 지금 무슨 말을 하려는 걸까? 아무 뜻도 없는 저 해괴한 일련의 단어들은 대체 뭘까? 어쩌면 TC만이 해독할 수 있는 암호로 된 메시지 같은 설지도 몰랐다. 하지만 그 단어들 중에 의미 있는 말은 하나도 없는 것 같았고, 그 단어들의 진짜 의미는 알 수가 없었다. 대통령은 다시 말했다.

"발라, 벅스, 라르고, 헤니오, 아스트롤라비오, 헤일리, 토토, 트루에노, 테소로, 그리고 네르비오."

몇 초 후, TC가 대답했다.

"이해가 안 갑니다."

이렇게 모르겠다고 말하고 나니 대통령이 무슨 말을 하고 있는지 갑자기 실마리가 풀렸다. 말이었다. 그건 지난주 경마에서 우승한 말들의 조합이었다. TC는 재빠르게 머리에 떠오르는 여러 시나리오를 이리저리 맞춰봤고, 그 결과 자신이 매주 중개인에게 한 번도 전달한 적이 없는 마권까지 생각이 미쳤다. 그런데 대통령의 암호는 TC의 장인이 돈을 걸려고 했던 예상 우승마들의 조합이었다. 대통령이 그걸 어떻게 알았을까? 그게 임박한 사형 집행과 무슨 관계가 있단 말인가?

TC는 말했다.

"이번 주 10회 경마에서 우승한 말들입니다. 아닙니까?"

"맞았소."

대통령이 답했다.

"당첨자가 몇 명이나 됩니까?"

"바로 그게 문제요. 한 명도 없어요."

대통령이 답했다. 지난주에는 당첨자가 없어 상금이 묶였다. 우승마 열 마리를 모두 제대로 맞춘 사람이 하나도 없었다…. 상금 백만 $가 공중에 떠버렸다.

대통령의 의도는 명백했다. TC의 장인이 상금을 타야 마땅한데, 장인의 마권은 중개인에게 등록조차 되지 않았다고 이야기하려는 거였다. 사위가 구속 상태이므로 상금 지급이 억류되어 있다고 가정하면 장인도 상금과 TC와의 관련성을 알게 될 터였다. 정부 당국은 표가 아예 없었으며, 장인이 믿고 매주 마권을 사달라고 사위에게 믿고 맡긴 표를 아예 마권 중개인에게 준 적이 없다는 걸 확인했던 게 틀림없었다. 달리 말하면 대통령은 TC가 10년 동안 장인을 속이고 베팅할 돈을 가로챘다는 귀중한 정보를 갖고 있는 셈이었다. TC는 왜 그랬는지 이유를 설명하고 싶었지만 그것도 바보 같은 짓이었다. 대통령은 말을 이었다.

"아직 가족에게는 알리지 않았소. 부인은 아직 아무것도 모르오. 경마협회에서도 당신 친척들에게 마권을 모두 다시 검사하기 위해 더 많은 T가 필요하다면서 시간을 끌고 있소. 거짓말쟁이이자 사랑하는 아내의 아버지에 대한 배신자로 다른 세상에 갈지 여부는 당신 손에 달려 있소. 당신 부인이 남은 평생 동안 전기의자에서 사형당한 남편이, 그토록 사랑했던 남편이, 자기 아버지를 등쳐 먹었다고 생각하면서 살기를 바라지는 않겠지요?"

달리 말하면, 그건 완전히 합법적인 협박이었다. TC는 장인이 주택 융자금 건으로 몰래 가로챘던 수수료를 상쇄하고자 마권 관련 $를 챙겼었다. 하지만 이를 MTC에게 설명할 기회는 없을 것이다. 아내는 평생 자신을 거짓말쟁이로 기억할 것이며, 그를 잊기로 하고 다른 남자와 결혼할 테고, TC-1과 TC-2에게 자신을 아주 나쁜 사람이라고 말할 것이다.

아니, 그런 일은 참을 수 없었다. 죄책감조차 느끼지 않는 일 때문에 부당하게 죽는 건 괜찮았지만 자기 가족과 심지어 처남까지 자신을 치사한 인간으로 기억한다는 건 견딜 수 없었다. 대통령은 TC가 이 역겨운 협박을 잘 소화했다는 걸 알고 말을 이었다.

"해결책이 필요하오. 지금 이 나라의 상황을 바로잡을 수 있는 방법을 알고 싶소. 그렇지 않으면 N을 통해서 모두 알리겠소. 일간지 헤드라인이 이렇게 나온다고 상상해 보시오."

"어제 사형당한 TC, 가련한 장인의 마권 살 돈을 모조리 가로채."

"정부에서 N을 배포하는 능력은 거의 무제한적이라는 건 알지요? 그러면 영원히 이름을 더럽히게 될 거요. 아주 옹졸한 거짓말쟁이 도둑에 파렴치한으로 역사에 남겠지. 자식들은 성도 바꾸고 동네도 떠나고, 어쩌면 해외로 도피할지도 모르지요."

"그만, 그만!"

그건 너무 심했다. TC가 견딜 수 있는 한계를 넘어서는 거였다. 하지만 지금 일어나고 있는 일에 대해 어떤 해결책을 제시할 수 있을지도 몰랐다. 그는 막다른 골목에 몰렸다. 전기가 다시 들어오려면 이제 몇 분밖에 남지 않았다.

"잘 생각해 보시오."

대통령이 말했다. 그런 다음 이렇게 덧붙였다.

"그 순간이 오면, 당신의 마지막 순간이 오면, 자기 인생의 대차대조표를 작성해야 할 거요. 방금 나는 거기 더해질 요소를 하나 더 추가해 준 거요. 천박한 도둑놈으로 기억될지 여부는 당신에게 달려 있소. 해결책을 제시하지 않으면 당신은 엄청난 적자로 마지막 결산을 하게 될 거요. 전화를 기다리겠소. 사면할 용의도 있소."

전화는 그렇게 끊겼다.

TC는 천천히 수화기를 내려놓았다. 그는 비탄에 젖어 팔을 축 늘어뜨리고 발을 질질 끌며 전기의자로 돌아가서는 전기의자의 팔에 몸을 의지하고 앉았다. 사제와 간수는 그를 안타까운 눈길로 바라봤다. TC는 간수가 손에 들고 있는 책을 보고 달라는 시늉을 했다. TC는 책을 펼친 다음 마지막 페이지들을 훑어봤다. 나락으로 떨어진 것만 같았고 힘이 없었다. 임박한 죽음이 아니라 그가 세상에 남기고 갈 기억이 그를 이렇게 만들었다.

그런데 그때 그의 눈을 끄는 그림이 있었다. 태양이 사막에 불시착한 어린 왕자를 눈부시게 비추고 있는 그림이었다. 그러자 TC는 책의 마지막 몇 문장을 읽었다.

그것은 정말 커다란 수수께끼다. 어린 왕자를 사랑하는
여러분에게는 나에게도 그렇듯이, 이 세상 어딘가에서 우리가
알지 못하는 한 마리 양이 한 송이 장미꽃을 먹었느냐
먹지 않았느냐에 따라서 천지가 온통 뒤바뀌게 될 것이다….
하늘을 바라보라. 생각해 보라. 양이 그 꽃을 먹었을까,
먹지 않았을까? 그러면 거기에 따라 모든 것이 변한다는 것을
여러분은 알게 되리라….
그런데 그 점이 그다지도 중요하다는 것을 어른들은
아무도 이해하지 못할 터이다! – 끝

바로 그때 불이 들어왔다.

TC는 스스로 전기의자의 허리 쪽 벨트를 채웠다. 얼굴은 가리지 못하게 했다. 죽음에 정면으로 맞서고 싶었다. 간수가 나머지 벨트를 채웠다. 신부는 성호를 그었다. 사형집행인이 사형집행 레버 쪽으로 가까이 갔다. TC는 제 인생의 대차대조표를 머릿속으로 작성하기 시작했고, 그토록 오래 전에 집에서 인생을 결산했던 일이, 지금의 상황으로 이끌었던 바로 그 결산의 내용이 기억났다. 간수는 이제 레버를 작동할 준비를 했다. 레버를 작동시키기 1초 전, TC는 소리쳤다.

"바로 그거야! 생각났어!"

간수와 사제는 형 집행을 중단했다.

"무슨 일입니까?"

TC는 극도로 흥분해서 설명했다.

"내 인생을 결산하면서 이 나라의 상황에 대한 해결책을 발견했소! 대통령에게 전화를 걸어주시오!"

한 시간 반도 채 되지 않아 TC는 비상 내각이 집결한 장소에 있었다. TC는 어떤 나라의 대통령과 대면하는 자리에 앉았다. TC는 세상에서 제일가는 권력가였다. 적어도 2주 전까지는….

대통령과 TC는 서로 마주 보고 앉았다. 대통령 보좌관들도 한자리에 있었다. 모두 말없이 심각한 표정으로 앉아 있는 TC를 주시했다. 그의 제안을 듣기 전에 대통령은 질문을 하나 던졌다.

"왜 우리를 이런 지경에 빠뜨렸소? 대체 왜 그런 거요?"

TC는 잠시 뜸을 들였다.

"다른 선택의 여지가 없었습니다. 여러분이 T의 유효기간에 대한 법을 공포하지 않았다면 저는 1주일짜리 큐브를 2년만 너 소용히 팔았을 겁니다. 그다음에는 은퇴한 후에 개미 왕국을 건설했을 겁니다. 대통령께서도 그건 전폭 지지하셨을 겁니다. 물론 체제가 질 수는 없으니 그런 법을 제정하셨겠지요. 수백만 분을 저장해 두고 있었는데 그 망할 법 때문에 며칠이면 그 많은 T의 유효기간이 만료될 참이었습니다. 대통령이라면 제 입장에서 어떻게 하셨겠습니까?

침묵이 흘렀다. TC는 말을 계속했다.

"이뿐만 아니라, 허락하신다면 다른 중요한 것도 말씀드리고 싶습니다. 이 모든 사태의 책임은 저에게 있지 않습니다. 책임이 있다면 국민들을 노예화하는 경제체제에 있겠지요. 만일 32평, 아니 24평짜리 주택에 대한 융자금을 갚는 데 35년이라는 시간을 묶어두도록 강요되지 않았다면 이런 일은 일어나지 않았을 겁니다. 그런데도 전 다락방이 없어서 셋째를 낳을 수가 없었다는 거 아십니까? 살기 위해서 너무 많은 T와 노력이 요구된다고 생각하지 않으십니까? 흙먼지를 일으킨 건 제가 아닙니다. 이런 상황은 제가 만들어낸 게 아닙니다. 이 나라의 국민들이 경제체제를 붕괴시킨 거지, 제가 그런 게 아닙니다. 제가 한 일이 있다면 국민들이 그런 일을 할 수 있는 장치를 제공한 것뿐입니다."

정부 각료들은 침묵을 지켰다. 아무래도 계속 일장 연설이 이어질 듯했다. TC는 말을 이어갔다.

"대통령 각하, 1년 반 전에, 저는 매일 청구서를 숨기는 일을 하며 평생 가도 한 번에 다 갚지 못할 주택 담보대출의 노예로 살았습니다. 그때 번민과 비탄에 잠긴 채, 잠시 시간을 내서 제 인생을 결산해 본 일이 있습니다. 제 자산과 부채를 대차대조표로 정리해 본 거지요. 바로 제 A와 P입니다. 보십시오."

TC는 C1에서 소개했던 인생 결산이 적힌 쪽지를 꺼냈다. 하지만 대차대조표의 제목에는 가위표가 쳐져 있었다.

"잘 보십시오. 두 대차대조표가 이제 뒤바뀌었습니다. 이제 정부에서 자유주식회사에 개입해 회사가 국가에 귀속되었으니 정부가 국민들의 모든 부동산과 $의 소유주입니다. 체제가 이 모두를 소유하고 있는 거지요. 하지만 체제는 국민 각자에게 35년을 빚지고 있습니다. 한편 국민들은 이미 구매한 T를 자산으로 보유하고 있고 누구에게도, 어떤 빚도 지고 있지 않습니다. 보십시오."

~~F€~~ 체께의 대차대조표

A (가진 것)	P (빚진 것)
부동산 전체	35년
자동차 전체	
가구 전체	
은행 잔고 전체	
매트리스 밑에 숨겨둔 $ 전체	
차량 주차 공간 전체	

~~체께~~ 어떤 나라 국민 각자의 대차대조표

A (가진 것)	P (빚진 것)
T	없음

대통령, 경제부 장관과 나머지 정부 각료들은 국민들과 사회의 자산과 부채가 뒤바뀌었음을 깨달았다. 대차대조표는 완전히 반대가 되었다. 예전에 체제에서 소유했던 것, 즉 T는 이제 사람들의 소유가 되었다. 그리고 전에 국민들이 빚지고 있던 것, 즉 35년은 이제 경제체제가 다시 국민들에게 의존하기 위해 기다려야 하는 T가 되었다.

TC는 대통령에게 말했다.

"이제 체제의 대차대조표가 예전 국민들의 대차대조표가 된 이상 진솔하게 답해주십시오. 어떤가요, 힘들지 않으신가요? 국민들이 평생 참고 살았고, 훨씬 더 여러 해 동안 감당해야 했을 대차대조표를 체제는 단 1주일도 견딜 수 없었다는 게 역설적이지 않습니까?"

대통령은 몇 초 동안 침묵을 지키다가 말했다.

"나는 질서를 다시 바로잡을 방법만을 알고 싶을 뿐이오. 국민들이 일터로 돌아가고 기업들이 다시 활동하며, 은행들이 $를 되찾는 방법 말이오. 국민들이 내 말을 듣지 않으면 군대를 동원할 거요. 폭력을 사용해야 한다 해도 내게는 마찬가지요."

TC가 대통령의 말을 가로막았다.

"군인들이 충분히 남아 있을까요? 군인들도 35년짜리 컨테이너를 산 걸로 아는데요."

TC가 말했다.

대통령은 쓸쓸하게 답했다.

"많지는 않지만 탱크를 거리로 내올 수 있는 정도는 되오. 당신이 우리를 이 지경에 빠지게 만들었으니 이 난관을 극복하게 도와달라고 요청한 거요. 국민들이 평화롭게 일터로 돌아가도록 할 해결책을 제시한다면 사면을 약속하겠소. 전화로 그렇다고 했지 않소. 더 이상 기대하는 건 없소. 이제 무슨 내용인지 얘기해 보시오."

"한 가지만 더 약속해 주십시오. 상금을 제 장인에게 주시겠습니까? 제 아내는 그동안 제가 자기 아버지의 마권을 사서 베팅한 적이 한 번도 없다는 걸 알면 절 용서하지 않을 겁니다…."

"해결책이 적합하고 이 시궁창에서 우리를 건져준다면 지금 이 자리에서 당장 상금을 주겠소."

그러면 이제 TC의 말을 듣기 전에 그의 답변을 내가 먼저 정리해 보겠다. 어떤 나라의 질서를 다시 바로잡고 평화를 가져올 수 있는 유일한 열쇠는 바로 이 책의 도입부에서 밝힌 격언에 있다.

'T는 $다.'

여러분도 아시다시피 '시간은 돈이다'라는 뜻이다. 이제 국민들이 처한 새로운 상황을 분석하기만 하면 된다. 즉 대차대조표가 뒤바뀌었으니 격언도 뒤바꾸면 된다. 달리 말하면 '$는 T다.'

경제가 돌아가려면 화폐가 필요한데 국민들의 자산은 T밖에 없다. 그 결과, 유일하게 할 수 있는 일은 T 대신에 $를 국민들에게 주는 거였다. 다시 말하면 진짜 T를 경제적 T로 바꾸는 것이다. TC가 대통령에게 한 답변도 같았다.

"새로운 화폐를 만들어야 합니다. 이런 화폐를요."
TC는 종이에 그림을 그렸다.

"정부가 유통시켜야 할 '분 단위 화폐'입니다. 이 화폐로 국민들이 소유한 T를 사십시오. 국민 각자가 가진 T를 이 화폐로 사는 겁니다. 국민 모두에게 T를 반납하는 대가로 35년에 해당하는 화폐를 주십시오. 국민들은 수중에 분 단위 화폐를 갖게 되면 정상적인 생활로 돌아갈 겁니다. 뒤이어 할 일로, 국민들이 새로운 T 단위 화폐로 어떤 나라의 자기 집을 도로 살 수 있도록 하십시오. 그런데 여기서 한 가지 조언하고 싶은 게 있습니다. 주댁을 35년에 해당하는 가격에 팔지 마십시오. 그렇게 되면 국민들 수중에는 또다시 화폐가 남아나지 않게 되니까요. 실은 주택 가격을 그렇게 비싸게 해놓으면 아무도 사고 싶어 하지 않을 겁니다. 사람들이 집을 사는 데 바쳐야 하는 T에 비해서 가격이 합리적이어야만 체제에 다시 유동성을 주입할 수 있을 겁니다."

"그럼 은행은?"

대통령이 물었다.

"은행들은 T 대신에 $를 빌려줬지요. 새 화폐가 분 단위이니 $를 잃지 않았을 겁니다. T를 잃었겠지요. 하지만 결국 생각해 보면 이 T는 아직 흐르지 않은 T입니다…."

비상 내각, 장관들과 대통령은 박수를 쳤고, 기뻐서 환호성을 질렀다. TC는 천재였다! 질서를 회복하기 위해 군대를 거리로 내보낼 필요가 없는 아주 간단한 해결책을 내놓았다. 정부는 분 단위 화폐를 새로 만들고 국민들이 사용할 수 있도록 무상으로 지급하면 되었다. 국민들은 구매한 T를 분 단위 화폐로 바꿀 터였다. 이렇게 하면 경제가 다시 돌아갈 것이다.

대통령은 TC에게 감사 인사를 했고, TC에게 자유를 줄 사면장을 그 앞에서 서명했다. 그전에 이렇게 말했다.

"물론 나도 살짝 거짓말을 했소. 우승마의 조합은 당신 장인의 것이었지만 상금은 백만 $가 아니라 단 $5짜리였소. 맞춘 사람이 수천 명이나 되었기 때문이지요. 여기 상금이 있소."

대통령이 말을 이었다.

"이제 $는 분 단위이니, 이게 합당한 상금일 거요…."

대통령은 이 말을 한 다음 좀 부끄러워하면서 자기가 쓰려고 사서 겉옷 주머니에 넣어 갖고 다니던 5분짜리 플라스크를 내밀었다. 그리고 말을 이었다.

"이제 화해한 거 맞소?"

"맞습니다."

TC가 미소 지으며 답했다.

그리고 두 사람은 따뜻한 포옹을 나누었다.

새 화폐가 만들 두 가지 세상

이 이야기의 결말은 하나가 아니라 두 가지다. 그 이유는 지금과 같은 상태가 계속된다면 짧은 T 안에 일어날 일이긴 하지만 아직은 일어나지 않은 이야기이기 때문이다.

첫 번째 결말은 TC가 제안한 대로 사람들이 새로운 T 단위 화폐를 받아 합리적인 가격으로 자기 집을 다시 샀다는 것이다. 듣자 하니 2~3년의 T에 해당하는 값으로 집을 샀다고 한다. 국민들은 일터로 돌아갔고 월급 역시 분 단위 화폐로 지급되었다. 상품은 그 값어치대로, 즉 생산하는 데 필요한 T 이상도 이하도 아닌 가격으로 판매되었다. 살기가 전처럼 힘들지 않았다. 여생 동안 남은 T를 기준으로 구매력이 생긴다는 건 사상 처음이자 마지막이었다.

두 번째 결말은 이렇다. 어느 정도 T가 흐르자, 국민들이 사회에 필요한 일을 안 하게 되지 않을까 하는 두려움이 어떤 나라를 잠식했다. 그리고 누군가 물처럼 희소하면서도 필요한 자원에 세금을 물리자는 생각을 했다. 물의 가격은 엄청나게 부풀려졌다. 집에서 상수도를 사용하려면 '수자원은행'이라는 기관을 거쳐야만 했다. 개인들은 이 은행에서 신용대출을 받았다. 물은 너무나 비싸져서 가정에서 수도꼭지를 틀어 물을 사용하려면 35년 만기로 은행 대출을 받아야 했다. 이 두 번째 결말이 현실이 되면 상황은 이 이야기의 처음처럼 될 거라고들 했다.

그런데 사람들은 항상 무슨 일의 가능성을 방지하기 위해 무언가를 발명한다. 그런 일이 일어날까 두려워하기 때문이다.

이 두 가지 결말 중 어떤 결말이 실제로 일어날까? 그건 근본적으로 우리 각자에게 달려 있다. 그날이 오면 첫 번째 결말이 현실이 되도록 우리 모두가 기여해야 할 것이다.

어떤 나라의
보통 사람들

TC의 장인은 정부에서 나눠주는 35년분의 새 화폐를 수락하지 않아 평생 수중에 $가 없이 지내게 되었다.

DP는 고향으로 돌아가 T 단위 화폐를 모두 잘 보관해 둔 다음 쇠똥구리를 관찰하는 일로 여생을 보냈다. 쇠똥구리가 늘 공을 굴리는 이유는 오직 그만이 알았다. 끊임없이 쇠똥으로 둥그런 공을 만들어야 할 절실한 필요 때문이다. 그건 그렇고, 혹시 독자가 잊었을까 봐 덧붙이자면 DP는 인사 과장의 약자다.

DVD는 자기 가게로 돌아갔고 신상품에 대한 TC의 제안은 더 이상 받아들이지 않았다. 어쩌면 TC가 더 이상 신상품 제안을 하지 않았기 때문이었는지도 모르지만.

엔지니어 다섯 명은 플라스크&플라스크로 돌아가서 아무 실효성은 없지만 고액의 월급에는 정당성을 부여하는 무의미한 계산을 계속했다.

402호 여자는 남편에게로 돌아갔다. 닥터 체가 단 한 번도 그녀와 동침하지 않았기 때문이었다.

닥터 체는 자신에 대한 심리 분석 결과 실은 자기가 여자라는 사실을 발견했다. 하긴, 그의 산부인과 의사가 벌써 오래전에 같은 말을 하긴 했다.

자유주식회사를 설립할 때 수속을 해준 변호사 아론은 TC가 민사가 아닌 군사재판을 받아 오랫동안 아쉬워했다. 세기의 재판에서 변론할 기회를 놓쳤기 때문이다.

TC의 처남은 여러 해 동안 1분과 $1의 환율을 계산하곤 했다. 분 단위 화폐로 TC에게 커튼 값을 받아내기 위해서였다. 그는 결국 TC에게 빚을 받아내지 못했다.

TC의 초등학교 선생님은 여전히 말더듬증을 고치지 못했고, 교육부에서 정한 교과 진도의 절반밖에 가르치지 못했다. 하지만 학교에서는 그런 사실을 알지 못했다. 학생들에게는 배워야 할 분량의 절반만 공부하는 게 이상적이기 때문이었다.

TC는 친구들에게는 32평이요, 도면에 따르면 24평인 자기 아파트로 돌아가 MTC, TC-1, TC-2와 행복하게 살았다. 한편 TC-2는 지금에야 처음 등장하는 인물이긴 하지만 원래 집집마다 막내들에게는 신경을 안 쓰는 법이니 이 소설이라고 예외가 될 수는 없지 않은가.

　　MTC는 남편에게 조그만 개미 사육장을 사줬고, TC는 이로써 적두개미의 머리가 붉은색이 아니라 푸른색이었다는 걸 알게 되었다. 임청난 배신감을 느낀 TC는 결국 개미에 대한 관심을 영원히 잃게 되었다.

시간과 돈의
새로운 공식

이 책을 읽고 나면 독자의 마음이 편치 않다는 걸 나도 알고 있다. 소중한 시간을 내서 초고를 읽어준 많은 분들이 그렇게 말했다. 이런 맺음말을 쓰라고 제안한 것도 이들이었다. 이 책을 읽은 후 우리를 지배하는 체제의 힘에 무력함을 느끼고, 전면적인 절망과 낙담을 경험한 경우 특히 그랬다.

하지만 실망할 필요는 없다. 이 이야기는 변화가 불가능하다고 말하지 않는다. 오히려 그 반대다. 그렇지 않다면 이런 책을 쓸 이유가 어디 있겠는가? 문제를 인식하는 거야말로 변화를 위해 반드시 필요한 첫걸음이 아니던가? 노예도 주인에게 반기를 들고 현재의 상황을 개선하려 일어나지 않는가? 일상은 우리 자신을 소외시키는 공범이 되었다. 그 일상을 사는 우리 모두를 일깨우는 것이 이 책의 취지다.

우리는 우리가 살고 있는 경제체제가 돈뿐만 아니라

'시간'이라는 변수의 미묘한 작용으로 지탱된다는 점을 인식해야 한다. 또한 이 변수를 조심스럽게 사용해야 한다는 점도 이해해야 한다. 이윤의 추구는 자유 사회의 개인들이 경제를 삭농시키고 성장을 유도하며 번영을 제공하는 이니셔티브initiative 개발의 원동력이다.

그러는 한편, 인간의 기본권을 넘어서 결국 자유 경제 체제 자체의 근간을 존중하지 않는 과도한 탐욕은 역사에서 일어난 거의 모든 경제 위기를 유발한 보다 근본적인 문제다. 1929년의 대공황에서 1990년대 일본의 경제 위기까지, 모두 그 예라 할 수 있다. 그리고 만약 우리가 이를 피하지 못한다면 21세기에도 같은 일이 일어날 것이다. 경제적 관점에서 보자면 우리의 시간적 여유는 바닥나고 있다.

21세기의 초입에 서 있는 현재, 경제적 관점에서 가장 효율적인 체제는 자본주의인 것으로 드러났다. 공산주의 정권들은 도미노처럼 하나하나 무너지고 말았다. 개발과 성장은 자유 시장 체제에서 가장 효율적으로 이뤄진다고 밝혀졌다. 이 점은 애덤 스미스의 '보이지 않는 손' 이론으로 18세기에 이미 밝혀진 바 있다. 각 개인이 자신의 이익을 추구하게 되면서 보이지 않는 손이 사회를 번영으로 유도한다는 것이다. 그럼에도 불구하고, 다른 이론과 대안에 비해 이 이론의 우월성을 경험으로 확인하는 데는 거의 200년의 시간이 걸렸다.

다른 고전파 경제학자로 공리주의를 주창했던 존 스튜어트 밀은 경제의 목표가 사회의 행복을 최대화하는 데 있다고 했다. 공리주의자들은 모든 경제 활동이 사회 전체 공리의 최대화라는 의미에서 이뤄져야 한다고 주장했다. 매우 훌륭하게 들리긴 하지만 이 주장은 대답하기 어려운 다른 문제에 봉착하게 된다. 과연 공익, 아니 더 어렵게는 행복을 어떻게 측정할 수 있는가?

그러므로 새로운 기준점이 필요하다. 서구 세계가 영성靈性에서 멀어지고 가치관의 혼란을 겪음에 따라 인간은 우리가 하는 모든 일에서 더 이상 의미를 찾지 않게 되었다. 이것이 바로 여러 동기 중에서도 체제가 우리 시간의 주인이 된 이유다.

경제는 기존의 관점을 넘어서는 새로운 측면들을 통합시켜야 한다. 에리히 프롬은 당시에 이렇게 말했다. "왜 건강한 경제를 유지하려면 아픈 사람들이 있어야 하는가?" 경제는 (당분간은) 지탱되지만 개인들은 견디지 못한다. 한편 경제를 지탱하는 것은 무엇보다도 개인들임을 잊지 말자. 이 말은 무슨 뜻인가? 앞서 사라져 버린 유토피아를 대신할 새로운 유토피아가 황급히 필요하다는 말이다. 우리가 유토피아 위기의 시대를 살고 있다는 점은 분명하다.

"오직 '두려움'만이 '사랑'의 주검을 '어둠의 신사'에게 데려가는 데 성공한다"라는 말이 있다. 내 절친한 벗이기도 한 마리오 알론소 푸익Mario Alonso Puig에게 빚진 이 문단은 한 소설 속에 나오는 이야기다. 물론 이 책과 마찬가지로 픽션일 뿐이다. 진실을 말하자면 사랑은 항상 두려움을 이기며, 인류가 아무리 많은 고통과 증오를 창조한다 해도 인류는 사랑 덕택에 생존할 수 있었다.

우리를 지배하는 현 체제도 마찬가지다. 현 체제는 긍정적인 측면도 많이 있지만 때로는 우리를 과도하게 노예화하며 체제를 지탱하고자 노력하는 개인에게 고통을 야기한다. 부富를 기준으로 한 국가 간 순위는 우울증을 겪는 국가들의 순위이기도 하다. 현대를 살고 있는 세계 시민들은 우리가 자신에게 씌운 굴레에서 벗어나야 할 절실한 필요를 느끼고 있다. 더 나은 세상을 만드는 데 방해가 되는 부담을 덜기 위해서는 반드시 필요한 일이다.

다시 에리히 프롬을 인용하면, 그는 『자유로부터의 도피 Escape From Freedom』에서 인간의 '개인화' 과정이 어떻게 고독감을 수반하는지 설명하고 있다. 이런 고독감은 다른 사람이나 창조적인 활동에 대한 사랑을 통해서만 극복될 수 있다. 반대의 경우, 인간은 무분별한 소비나, 국가, 교회, 파시즘이 주도하는 전체주의 체제의 손에 놓이게 될 것이다.

오늘날 우리는 이런 전체주의 체제가 아니라 보다 지

각하기 어려운 체제에서 살고 있다. 우리를 노예화하는 체제는 대단히 미묘하다. 인간은 우리의 자유, 그리고 자유 체제의 노예다. 자유 체제는 우리를 불행하게 만들지만 그 반대는 '비非자유'이므로 우리는 이를 받아들인다. 민주주의와 자유 시장에 반기를 드는 것은 우리 자신의 자유에 반기를 드는 것과 같다. 우리는 막다른 미로에 갇힌 것과 같다.

그렇다면 해결책은 무엇인가? 자유를 누리되, 자유에 의미를 부여하자. 우리 자신의 이익을 추구하되, 이를 찾는 공식도 존재한다는 점을 잊지 말자. 이와 동시에 다른 사람들의 필요를 고려하자. 체제는 개인의 시간을 부당하게 많이 빼앗아서는 안 되며, 오히려 인간에게 사랑과 인류애, 영성, 협력, 연대와 다른 이에 대한 도움을 표현할 방법을 제공해야 한다. 시간은 우리의 삶에서 필수적인 요소이며 이 점을 잊는 체제는 실패할 수밖에 없다.

위대한 경제학자인 사비에르 살라 이 마르틴Xavier Sala-i-Martín은 여러 글과 저서를 통해 자유주의의 능력은 바로 복지와 부를 생산하는 시스템이라고 설명했다. 하지만 그는 거기서 멈추지 않고 자유 사회에서 국가의 역할이 무엇인지 구체적으로 기술했으며, 창의적인 해결책을 끊임없이 제시하고 있다. 이 해결책이란 자유주의의 장점을 유지하면서 세상의 불평등, 그리고 자유가 불가피하게 생산하는 형식주의에서 기인한 각종 폐해를 완화하는 것이다.

골드러시는 현대에도 여전히 건재하다. 1929년의 대공황, 동남아시아와 중남미의 금융 위기, 닷컴 기업들의 붕괴가 모두 골느러시의 예이며 이제는 시간의 붕괴가 남아 있다. 하지만 세상에는 광기와 혼돈에 빠지지 않도록 이끌 능력 있는 사람들이 무수히 많다. 이 책은 여러분에게 다른 방식으로 생각하고 행동하도록 요청하는 초대장에 다름 아니다.

그래서 나는 낙관적이다. 인간은 자신을 극복할 운명을 타고났으며, 인간이 의식적으로, 또 무의식적으로 유발하는 폐해에 대한 해결책을 항상 찾을 것이기 때문이다.

'시간은 다른 누구도 아닌 각자의 것이라는 메시지를 충분히 전하지 못했을 때를 대비해' 이 책을 독자에게 바친다. 독자여, 〈반지의 제왕〉에서 간달프가 프로도에게 말했듯, '당신에게 주어진 시간으로 무엇을 할지 결정하는 것은 오직 자신의 몫이다.' 변화는 각 개인으로부터 시작된다. 여러분의 시간 역시 여러분의 것이며 다른 누구의 것도 아니다. 이를 준수하고 살면 보이지 않는 손이 우리를 다시 한번 사회 전체의 행복으로 인도할 것이다.

여전히 시간을
빚진 사람들

'당신은 몇 년이나 빌려 쓰고 있습니까?' 이 책이 던지고 있는 질문이다.

어느 날 자기 인생의 대차대조표를 짜본 우리의 주인공 '보통 남자' TC는 주택 담보대출금부터 자동차까지, 자산을 소유하기 위해 진 부채를 정리해 본다. 그리고 이를 갚으려면 생계유지 수단에 지나지 않는 직장에 35년 동안 묶여 있어야 한다는 것, 달리 말하면 35년의 시간을 체제에 빚지고 있다는 사실을 깨닫는다. 물려받은 재산이나 불로소득이 있지 않은 다음에야 내 집 마련이 평생의 꿈인 보통의 우리네와 다를 바 없는 모습이다.

2006년에 처음 이 책의 번역 의뢰를 받았을 때, 나는 갓 첫 집으로 이사했었다. TC처럼 주택 담보대출을 받았던 우리의 부채는 이 책의 주인공보다는 적은 25년이었다. 은행에서는 소득이 불규칙한 프리랜서를 그리 신용하지 않는 탓에, 정확히 말하면 25년의 빚은 대체로 내가 아닌 남편 몫이었다. 2006년에 이 책의 초판이 나왔으니 꼬박 18년의 세월이 흘렀다. 나와 남편은 TC처럼 시간을 저당 잡힌 채 그 18년을 살았다. 25년의 빚은 집을 몇 차례 옮기면서도 따라다녔고, 둘이서 열심히 노력한 끝에 한동안은 대출금 상환을 앞당겨서 다 갚은 적도 있었다.

세상은 그동안 무서우리만치 아주 많이 변했지만 가진 자산을 위해 시간을 저당 잡혀야 하는 삶은 지금도 대부분의 사람에게 여전한 현실이다. 아니, 이상한 역병이 세상을 덮치고 간신히 회복 중인 지금, 사람들은 인플레와 고금리라는 심각한 후유증을 겪고 있으니, 어쩌면 상황은 더 나빠졌는지도 모르겠다.

그러다 얼마 전, 이 책을 새로 선보이고 싶다는 출판사의 연락을 받았다. 자연스럽게 저자의 근황을 찾아보니, 그는 스페인에서 다양한 수상 경력에 빛나는 더욱 저명한 경제학자가 되어 있었다. 게다가 이제 그는 영화 시나리오 작가이자 감독이기도 하다. 이미 이 소설은 국내외에서 경쾌한 뮤지컬로 제작되기도 했으니, 그의 날카로운 분석력은 일찍부터 다른 매체로의 확장성을 지니고 있었던 듯하다.

이 소설은 현대판, 그리고 서양판 봉이 김선달의 이야

기라고나 할까, 한줄 한줄이 풍자로 교묘하게 짜여 있어 곳곳에서 웃음이 터져 나온다. 하지만 번역을 할수록 우리의 '보통 남자'에 남편과 내 모습이 투영되어 보이고 25년이라는 시간에 짓눌린 어깨가 무거워진다.

TC 필생의 꿈인 적두개미의 생식체계 연구는 풍자를 위한 재미있는 소재에 불과하지만, 현대인 대부분은 TC처럼 주택 담보대출금과 같은 '인생의 빚'을 갚느라 자신의 꿈을 늘 희생하며 살고 있다. 그런데 인생의 빚을 다 갚을 20~30년 후까지 꿈을 유예하지 않은 사람이 여기 있다. 허무맹랑하게만 들리는 TC의 사업 계획은 스스로 자기 시간의 주인이 되고 싶은 사람들의 숨은 열망과 결합해 놀랍게도 큰 성공을 거두고, 심지어 국가 경제에 큰 위협이 될 지경에 이른다.

이 책은 경제 원리를 소설 형식으로 쉽게 설명하고 있는 만큼, 기발한 상상력과 빠른 전개로 가볍게 읽을 수 있어 보인다. 그러나 책 말미 작가는 '저자의 말'을 통해 매우 진지한 집필 의도를 드러내며 독자의 각성을 촉구하고 있다.

저자는 '시간'이라는 중요한 요소를 소재로 삼아 '내 시간의 주인은 바로 나'라는 메시지를 전달하고 있을 뿐 아니라, 현대인을 노예화하는 체제를 비판하고 있다. 자본주의가 고도화함에 따라, 체제는 이윤에만 매몰되어 인간은 더욱더 소외되고, 사회는 사랑과 영성, 가치관을 상실하고 혼란에 빠져버렸다. 가벼운 읽을거리처럼 보이는 이 이야기는 우리가 살고 있는 사회에 대한 신랄한 비판을 바탕으로 쓰인 소설인 것이다. 저자는 자유주의의 장점은 유지하되, 이 책에서 소재로 삼은 시간처럼 마땅히 지켜져야 할 개인의 권리를 존중하고 인간성을 회복하자는 전망을 제시하고 있다.

일례로, 작가는 이렇게 썼다.

이제는 시간의 붕괴가 남아 있다. (…) 이 책은 여러분에게 다른 방식으로 생각하고 행동하도록 요청하는 초대장에 다름 아니다. (…) 인간은 자신을 극복할 운명을 타고났으며, 인간이 의식적으로, 또 무의식적으로 유발하는 폐해에 대한 해결책을 항상 찾을 것이기 때문이다.

혁명적인 상품으로 한 나라를 뒤흔들어 놓은 TC의 이야기는 두 가지 가능한 결말을 제시한다. 하나는 '상품이 그 값어치대로, 즉 생산하는 데 필요한 시간 이상도 이하도 아닌 가격으로 판매되고, 살기가 전처럼 힘들지 않은'(바람직한) 세상이 되는 것이다. 또 하나는 '희소하면서도 필수적인 물과 같은 자원의 가격이 폭등해, 물을 사용하려면 35년 만기로 은행 대출을 받아야 하는' 세상으로, TC의 이야기가 도돌이표처럼 되풀이되는 곳이다.

평범한 나는 통찰이 부족해서인지, 인간의 능력을 불신해서인지 위와 같은 저자의 낙관적인 전망에 쉽게 동의하기가 어렵다. 지구는 온난화를 지나 '끓고' 있으며, 이제는 인공지능이 번역을 비롯한 세상의 수많은 직종을 없애버리고 있다지 않는가. 과연 우리는 살기가 전처럼 힘들지 않은 바람직한 세상을 맞을 수 있을까. 18년 전 우리의 25년을 볼모로 삼았던 주택 가격은 그동안 천정부지가 되어, 사람들은 그 가능성마저도 포기하고 있다고 한다. 과연 우리는 살기가 전처럼 힘들지 않은, 바람직한 세상을 맞을 수 있을까.

낙관하기 힘든 때이지만, 낙관이든 비관이든 진지한 고민이 필요한 시기라는 점만은 분명하다. 더는 시간을 저당 잡히지 않고자 시간을 팔기로 한 보통 남자. 그의 이야기는 지금 이 시대에도 여전히 유효해 보인다.

2024년 5월 권상미

권상미 한국외국어대학교와 동 대학교 통번역대학원을 졸업한 뒤 캐나다 오타와대학교에서 번역학 석사 학위를 받았으며 박사 과정을 수료했다. 현재 캐나다에서 OTT 기업들의 프리랜스 리드 링귀스트로 일하며, 문학 번역과 회의 통역을 병행하고 있다. 옮긴 책으로『오스카 와오의 짧고 놀라운 삶』,『올리브 키터리지』,『드라운』,『이렇게 그녀를 잃었다』,『검은 개』,『서쪽으로』,『빌 브라이슨 발칙한 유럽산책』,『빌 브라이슨 발칙한 미국 횡단기』등이 있다.

시간을 팝니다, T마켓

초판 1쇄 인쇄	2024년 5월 7일
초판 1쇄 발행	2024년 5월 27일

지은이	페르난도 트리아스 데 베스
옮긴이	권상미
발행인	강선영 · 조민정
펴낸곳	(주)앵글북스
주소	서울시 종로구 사직로8길 34 경희궁의 아침 3단지 오피스텔 407호
문의전화	02- 6261-2015
팩스	02- 6367-2020
메일	contact.anglebooks@gmail.com

ISBN 979-11-87512-93-6 03800